熱き魂、汝の名はジョンツ

―横浜狐狼伝―

山平重樹

壮神社

熱き魂、汝の名はジョンツ

―横浜狐狼伝―

山平重樹

【目次】

第一章 「馬鹿まるだし」――ジョンツ見参

1

そのとき、掛かっていた映画のタイトルが、『馬鹿まるだし』というのだから、

〈丸っきりオレのことじゃないか……〉

と、ジョンツは、後々まで思い出しては苦笑するしかなかった。

事件が起きたのは、ジョンツが十五歳の誕生日を迎える一か月前、中学三年生になって間もない五月のメーデーの日であった。映画館には大勢の不良少仲間が屯《たむろ》していた。

いきなりジョンツの背中を襲った「ガツンー」という衝撃。同時に、後方からの「てめえら、うるせえんだよ！」と凄む男の声。

男は後ろから思いきりジョンツの座席を蹴とばしてきたのだった。

「何っ？」

何が起きたのか、ジョンツは瞬時には理解できなかった。驚きつつも怪訝《けげん》な面持ちで振り返ったその目に飛びこんできたのは、苦虫を噛み潰したような男の顔であった。

角刈り、鋭い目つき、裾の長いスーツ……紛うかたなき大人のヤクザ者、ジョンツたちワルガキとはわけが違うプロの不良だった。

それでも、怖いもの知らずのジョンツ、怯《ひる》むどころか、

「何しやがるんだ!?　このヤロー！」

激昂《げきこう》して立ちあがった。が、さすがに今度ばかりは相手が悪かった。

怒りに任せて相手の胸倉を摑もうとした刹那、狙いすましたような男の右拳が、ジョンツの顔面に炸裂したのだ。ジョンツは後ろにぶっ飛んで、前の座席の客たちの間に倒れた。

その強烈なパンチは、少年の負けん気と闘争心になおさら火を点けた。すばやく起き上がって体勢を立て直すや、

「ヤロー！　上等じゃないか！」と再び吼えた。これにはヤクザ者も、半ば呆れると同時に、

「随分、威勢のいい小僧だな」と目を剥《む》いた。

相手はどう見たってガキもいいところなのだ。生意気にブレザーなど羽織っているけれど、どうせ中学生か、よくてこう高校生ぐらいだろう。そんなヤツが一丁前に目をギラつかせ、ひとまわりも上のヤクザ者と張りあおうというのだから、こんな向こう気の強い不良少年はいまだ見たことがなかった。

男が我に返ったように、「おい、小僧、もうやめとけ」と制しても、「うるせえ！　来やがれ！」と応じてくる。

ジョンツは館内の狭い座席を抜け出して、すぐ近くの通路に踊り出た。ヤクザ者も仕方なくあ

とに続いて、両者は通路で対峙《たいじ》し睨みあった。

映画上映中の館内は暗かったが、まわりの観客たちは近くの者が時ならぬ騒ぎに気づきだしていた。

ヤクザ者が再びジョンツを殴りつけようとした、そのときだった。

それより一瞬早くジョンツの右手が動いた。たまたま手にしていた武器を、相手に向けて突き出したのだ。

とっさに出たジョンツの所作で、右手に何を持っていたのかさえ忘れていたほど、無我夢中の行為だった。普段なら素手の相手に武器など使わないのがジョンツの喧嘩の流儀なのだが、勝手が違う相手にそんな余裕はなく、タイミングも悪かった。

ジョンツが無意識のうちに必死に突き出した道具の切っ先が、スッと相手の首に入ってしまったのだ。弾みというのは恐ろしいもので、それはまるでコンニャクを刺すような手応えだった。

たちまち相手の首から血がピューッと噴き出て、返り血がジョンツの顔や上着を朱に染めたとき、ジョンツはようやく思い出していた。手にしていたものが、先端を削って尖らせた短い棒状のヤスリであったことを。

最前、映画館の中でバッタリ出くわした後輩たちの一人が持っているのを目ざとく目に止め、

「おまえ、そんな危ないもん持っててんじゃやねぇ！　よこせ！」

と取りあげた代物だった。まさかそれからいくらも経たないうちに、自分が使うことになろうとは、予想だにしていなかった。

なんとなれば、後輩の手から取りあげ、初めて手にしたとき、ジョンツは、

〈しょうがねえな。こんなもん、オレなら、脅しの道具でも使わんのに……〉と内心呆れてさえいたのだから。

そのヤスリが相手の首を刺し、血を見たことで、刺されたヤクザ者は怒り心頭に発し、子ども相手に殺気立った。

「小僧、もう勘弁しないぞ！」

やおらスーツの上着を脱いで、身構えたから、連れの舎弟二人も、ようやく兄貴分の身に何か起きたことに気づいた。

ジョンツも、弾みとはいえ、自分がとんでもないことをやってのけてしまったことを知った。

そのヤクザ者が血を流しながら、恐ろしい形相で迫ってくるのを見て、

〈こりゃ殺される……〉と観念したほどだ。

が、次の瞬間、相手は気を失い、その場にヘナヘナと崩れ折れるように倒れこんだ。

「……兄貴！」

仰天した二人の舎弟が、血相を変えて兄貴分のもとに駆け寄った。

この騒動に、女性客の悲鳴があがり、館内は騒然となった。天井の灯りが一斉に点灯し、映画は上映がストップ、館内はにわかに明るくなった。

その間、ジョンツの凶器を密かに受けとったのが、一緒に来ていた仲間の金天日だった。

「クソガキャー！」

二人の舎弟が目を血走らせていきりたった。ジョンツに向かって突進し、その襟首を摑むと、遮二無二館外へ引きずりだした。

二人組はジョンツを映画館前に連れだすや、強引に捩《ね》じ伏せてアスファルトの上に転がす。うつ伏せにしたうえで、一人がジョンツの背中に馬乗りになった。

もう一人が、ジョンツの両手を万歳のような形にさせて地面に押さえつけた。

「放せ！　バカヤロ！」

ジョンツはなお突っぱるが、怒り狂った二人組の敵ではなかった。他の仲間たちも呆然と立ち尽くし、手も足も出ない。

すると、馬乗りになった男が、懐からおもむろに何かを取り出した。ジャックナイフだった。

「おい、小僧、よくも兄貴を……　指をもらうぞ！」

舎弟二人の眼が妖しく光った。本気で十四歳の子どもの指を詰めようとしているのは明らかだった。

「よせ！　やめろ！」

ジョンツが逃れようと必死にもがいても、二人がかりの大人の力の前に、どうにもならなかった。

「小僧、調子に乗り過ぎたな」

指詰め役は、ジョンツの腕を押さつけているほうの役目だった。

相棒からナイフを受けとると、男はさっそく鞘を払って、刃先をきらめかせ、ジョンツの左手小指に迫った。

もはやジョンツの小指は絶対絶命、風前の灯と化していた。

「クソッ！」

ジョンツも往生しかけたその時だった。

「こらぁ！　待てえ！」

その声で、小指寸前まで迫ったナイフの刃先は、ピタッと止まった。

彼らの前に自転車で現われたのは誰あろう、派出所の制服姿の警官であった。

続いて救急車とパトカーと思われるサイレンの音が、けたたましく鳴り響いてきた。

ジョンツはすんでのところで難を逃れたのだ。

昭和三十九年五月一日夕べのことで、事件現場となった横浜市神奈川区反町の映画館「反町ロマン座」前は、観客ばかりか、警察官、マスコミの取材陣、野次馬などでごった返す破目となった。

2

「おい、蒋《しょう》、おまえ、えらいことやっちまったな」

刑事がほとほと呆れた様子で、ジョンツに言った。

在日韓国人二世であるジョンツは、朝鮮名を蒋鍾特《チャンジョンツ》、日本名を大本鍾特といった。仲間内ではジョンツで通っていた。

「おまえ、相手が誰か、知っててやったのか？　まさかなぁ…　違うだろ？」

「はい。知りませんでした」

神奈川警察署の取調べ室で、さすがにジョンツも神妙な顔になっている。

「……だよなぁ。いくらなんでも、中学生が相手にできるタマじゃない。ありゃ、潮亀達次《しおがめたつじ》と言ってな、早斗《はやと》一家の若手のなかでもピカ一、いま売り出し中の男でな。通り名を〝ヤッパの達〟とも言って、すぐにヤッパを取りだす物騒な男っちゅう話だな」

「……」

ジョンツもその名は噂で耳にしたことがあるような気がしたが、会ったのは初めてだった。

いずれにしろ、両者にとって（とりわけ潮亀にとって）、これ以上ない不運な出会いとなったのだけは間違いなかった。

「そのヤッパの達が、中学生相手にヤッパでやられるんだから、まったくシャレにもならねえな」

刑事が嘆息を漏らすと、ジョンツが恐る恐る、

「いや、刑事さん。使ったのはヤッパじゃないですよ」

「ん？　じゃあ、何だ？　そうだ！　それよりおまえ、その凶器はどこへやったんだ？」

刑事に訊かれたジョンツ、思わず隣りに座る金天日に目を遣った。

天日はあくまで参考人としてジョンツに同行させられていたのだ。

「天坊、道具、どうした？」

「言っていいのか」

「ああ、構わんよ。あのヤスリはオレがおまえに預けたんだ。全部オレがやったことなんだから」

「ロマン座の入り口にある植木鉢に隠したよ」

「おお、そうか。悪かったな」

二人のやりとりを黙って聞いていた刑事、さっそく部下に、その凶器の押収を命じると、ジョンツを見つめ、

「けどよ、蒋、潮亀は助かるかどうか、わからん。瀬戸際だそうだ。おまえ、これから大変だぞ」

刑事はジョンツの身を案ずるというより、一人のヤクザ者の死によって起こりうる事態に思い

が及んだのだろう。憐れむような眼を少年に向けたのだった。

それはジョンツが留置場へ入ると、より露骨な反応となって表われた。

夜になり入房してきたジョンツを見て、同房者から、

「おおっ！」

というどよめきと驚嘆の声があがった。信じられないという顔の者もいる。

反町ロマン座事件はテレビのニュースでも大々的に取りあげられ、神奈川県署の留置場の中も、その話題でもちきりだったのだ。

「何だ、まだ子どもじゃねぇか……」

年長の空き巣犯が第一声を放った。

「嘘だろう、おい！　こんな子供が……なあ、坊主、ホントにおまえがやったのか？……」

と、これは窃盗常習犯のおっさん。

だが、紺のブレザーや白いシャツ、黒いズボンに返り血を浴びたままの少年の姿を見れば、誰もが信じざるを得ない。

「で、歳はいくつなんだい？」

「十四歳です」

ジョンツが応えた。

「何だと⁉　まだ中学生か。けど、まぁ、えらいことやっちゃったなぁ。潮亀……ヤッバの達っていやあ、ここいらじゃ、一番うるさい兄ィじゃねえか」

チンピラ風の男が言い、別の兄貴分格の男に、

「ねえ、兄貴、達さんが死んじゃったら、この小僧はどうなりますかねえ？」

と訊ねた。いろんなヤツがいて、賑やかな留置場だった。

「そりゃ、おまえ」兄貴分格が腕組みして、

「傷害致死となって、坊やといえどもタダじゃ済まん。まあ、少年院行きは免れんだろうな。それより何より、この坊やにすっかり面子を潰されちゃった組がどう出るか？　これから大変だぞ、坊や」

心配してくれているのか、脅かしているのか、わからない調子で、ジョンツに言った。

これには、恐いもの知らずのジョンツも、いつもの勢いもどこへやら、かなり参ってしまった。

何より応えたのは、この事件によって、母親にどれだけ心配をかけ、悲しませることになったか。考えるだけで落ちこまずにはいられなかった。

警察からの一報で、叔父とともに神奈川警察署に駆けつけてきた母慶蘭の顔を思い浮かべては、ジョンツの胸がきりりと痛んだ。

息子と面会しても、決して取り乱して泣いたり喚いたり、叱りつけたりすることもせず、黙っ

てジョンツを見つめるだけであったが、その哀しみに沈んだ眸《ひとみ》が、母の胸中のすべてを物語って余りあった。

ジョンツは胸の内でただただ詫びるしかなかった。

〈母ちゃん、ご免。オレ、またやっちまったよ。けど、今度ばかりは母ちゃん、いつもみたいに怒りも叩きもしなかったな。オレにはそのほうがうんと応えるよ。それだけ本気で怒ってるってことだもんな。ホントにオレはなんてバカなんだ。勘弁してくれ、母ちゃん……〉

ジョンツはその夜、朝まで一睡もできなかった。

留置場で二日目を迎えたとき、刑事からジョンツに吉報が齎された。

「おい蒋、相手、助かったぞ。よかったなあ、おまえ、傷害で済むよ」

「ホントですか……」

「おまえも塩亀も悪運が強いんだな」

刑事に憎まれ口を叩かれても、ジョンツの耳には入らなかった。心からホッとして言葉も出てこなかった。

二日で神奈川署の留置場を出ると、保土ヶ谷の少年鑑別所に送られたジョンツ、どこまでも運がよかった。少年審判手続きを経て横浜家庭裁判を受けた結果、試験観察となり、少年院送致は免れたのだ。

一時は重体になるほどの傷を負わせながら、罪に問われず、囹圄《れいご》の身にならずに済んだのは、相手がヤクザ者であったことに加え、保護者である母親と後見人の叔父の存在——家庭環境がちゃんとしているという理由が大きかった。

「ただし、試験観察の身ということを忘れないように。今後、一回でも何か問題を起こしたら、無条件で少年院送致となります」

女性裁判官は厳として言い渡した。

3

ジョンツは事件から一カ月後の五月二十八日、保土ヶ谷の少年鑑別所を出て間もなくして十五歳の誕生日を迎えた。社会復帰すると同時に中学校にも戻った。

横浜駅西口から程遠い横浜朝鮮中級高級学校で、ジョンツは中級部（日本の中学校）三年生として復学することになったのだ。

喧嘩三昧を繰り返してきたジョンツも、今回だけはさすがに懲りて、学校に戻るにあたって、

〈もう喧嘩は止めた。母ちゃんに心配かけるようなことは金輪際しないぞ。オレはこれから真面目にやる！〉

と己に誓いをたてたのだが、いかんせん、まわりが放っておいてくれなかった。

反町公園を溜まり場にする地元の不良少年たちはもとより、朝鮮学校でも同様にワル仲間たちがこぞって、帰ってきたジョンツを英雄に祭りあげるのだ。

売り出し中のヤクザを刺した男、音に聞こえる〝ヤッパの達〟を血祭りにした男——として偶像視し、ヒーロー扱いしてくれるのだから、ジョンツも満更ではなかった。真面目になるとの誓いを忘れたわけではなかったが、仲間と一緒にいると、引くに引けなくなることもままあったのだ。

朝鮮学校に戻ったジョンツに、真っ先に声をかけてきたのは、仲がおかしくなってずっと疎遠になっていた番格の同級生、チャン・ヨンドと平沼グーの二人だった。

「ジョンツ、やっぱりおまえは凄いな。また一緒に遊ぼうぜ」

とヨンドが言うのに、ジョンツにも何らわだかまりはなかったから、

「おお、いいとも」

と請けあった。

もともとヨンドとは昔から仲良くしていて、中学生になると、四六時中つるんで遊ぶ仲になっ

ていた。

ヨンドはジョンツ以上にヤンチャな男で、喧嘩が大好きな暴れん坊、背が高くて細身の体型ではあったが、どう見ても女の子にモテるようなタイプではなかった。ときには暴れっぷりの度が過ぎ、ジョンツのほうが、

「おい、ヨンド、もうそのへんで止めとけよ」

と止め役にまわらねばならなかったほどだ。

ともかく、ジョンツ、ヨンド二人とも喧嘩が大好きとあって、日曜・祭日ともなれば、朝から連れだって大船、藤沢方面に繰り出して、不良少年と見れば片っ端から喧嘩を売って歩いた時期があった。

前年、中学二年の秋のことで、一日八回という喧嘩の記録を作ったのも、記憶に新しかった。

ところが、そんな男同士の友情を苦々しく眺め、ある種の嫉妬心を燃やした同級生がいた。それがもう一人の番格である平沼グーだった。

たまたまそうした時期に、ジョンツが事故で腕を骨折し、一ヵ月ほどの長期入院と休学を余儀なくされたことがあった。

チャンス到来とばかりに動いたのが平沼で、その間、二人の仲を裂こうと画策、ヨンドに、

「ジョンツのヤツ、ヨンドのことをパシリぐらいにしか思っていないぜ」

といった調子で、あることないこと吹き込んだ。

脚も治って退院し一カ月ぶりに学校に戻ってきたジョンツは、仲良しのヨンドと平沼グーの様子がまるで違っているのに、首をひねった。

一番喜んで迎えてくれるはずの彼らが、妙によそよそしいのだ。これにはジョンツも途惑うしかなく、次第に二人との間に距離ができ、おのずと彼らから遠ざかっていった。

別の友人から、とある放課後、

「ジョンツ、反町公園に行ってみないか。そこに来るヤツ、みんな、ジョンツに会いたがってるんだよ」

と声がかかるのはそんな折で、ジョンツも、

「反町公園か。ああ、いいよ。つきあうよ」

気軽に応じ、友人についていった。

反町公園は、ジョンツの実家がある横浜線の大口駅前(横浜市神奈川区入江町)からも近かった。

友人に連れていかれて、初めて横浜の反町公園の中に足を踏み入れたジョンツは、

「おおっ！」

と驚いた。

そこには、ロケットコースター（いまで言うジェットコースター）、ローラースケート場兼ス

イミングプール、ゴーカート場、バッティングセンター、トランポリンなどなんでも揃っていて、本格的な遊園地でもあった。

ロケットコースターはレールの全長五五三メートル、地上からの最高位十五メートル、最大落差十五・六メートルで、四両編成二十四人乗りの車両が最大時速約六十キロで、一周を三分のスピードで駆け抜けた。料金は、ラーメン代四、五十円、珈琲代四十円の時代に、大人四十円、小人三十円であった。

「こりゃ驚いたな。話には聞いていたが、オレん家《ち》の近くにこれだけ遊ぶもんが揃っていようとは……」

ジョンツが嘆声をあげた。

この日以来、反町公園はジョンツの通い詰めるところとなり、仲間たちの溜まり場と化したのだった。

実際、そこにはいろんなところからワルや不良少年が集まってきた。歳が行った者でもせいぜい二十歳、ほとんどがまだ十代の未成年で、不良中高生や愚連隊、すでに組に入っている者までいた。

ジョンツは彼らと張りあい、一歩も引かずにやりあった。生意気なヤツをとっちめ、気にいらない者、歯向かってくる者はとことん叩きのめした。

やがて番格として伸しあがり、〝反町公園のジョンツ〟で名が通るようになるまで、そう時間はかからなかった。

ジョンツにすれば、学校よりはるかに面白い場所が反町公園であった。そこに行けば、いい顔もできたし、友も仲間もいた。ときには女学生とも仲良くなれたし、遊ぶ金にも不自由しなかった（スケート場で、金持ちのボンボンや不良学生から恐喝して巻きあげるのだ）

そんなふうにして、学校より反町公園に行っているほうが断然多くなって、半年ほど経ったときのことだった。ジョンツは朝鮮学校で中学三年生に進学し、それから間もなくして迎えた五月一日、件の反町ロマン座事件は起きてしまったのだ。

この日、ジョンツが反町公園仲間の金天日、マラカツとともに顔パスで無料入場した反町ロマン座は、公園から目と鼻の先にある映画館であった。

この殺傷事件によって、保土ヶ谷の少年鑑別所入りし、しばらくぶりに学校に復帰したジョンツが何より面食らったのは、事件を起こす以前からすっかり縁遠くなっていたはずのヨンドと平沼がにこやかに近づいてきたことだった。

そもそもジョンツが新たな遊び場として反町公園に通い詰めるようになったのも、彼らとの仲がギクシャクしたからではなかったか。しょっちゅうつるんでいた彼らが、ジョンツのもとから離れていったことが、反町公園へ足を向けるようになるきっかけになったのは確かだった。

ジョンツから顔を背けていたヨンドと平沼が、今度の反町ロマン座事件を機に関係を軌道修正し、ヒーロー扱いしてくれるのは、ジョンツにすれば、少々気持ち悪かった。

それでも万事おおらかで些事にこだわらない性分のジョンツは、それを多として喜んだ。

彼らとの間で、まるで何事もなかったかのように、以前と変わらぬ濃いっきあいがすぐさま復活したのだった。

4

二人との友情を取り戻したのはいいけれど、彼らは反町ロマン座におけるジョンツの武勇伝にカブれ、

「ジョンツのようにオレたちも」

とばかりに誰彼構わず喧嘩を売りたがったから、これにはジョンツも閉口した。

自分を持ちあげてくれるのは悪い気はしなかったが、できるなら喧嘩をやめて真面目にやろうとしていた矢先だっただけに、痛し痒しであった。

なにしろジョンツは試験観察中の身、一回でも事件を起こせば今度こそアウト、少年院行きは免れないという爆弾を抱えていた。それだけにヤバい相手との喧嘩は極力避けたかったのだ。

だが、ヨンドと平沼にすれば、そんなことはお構いなし、早く自分たちも、ジョンツのように男を売りたい——ということしか頭になかった。

再びジョンツの身に、降って湧いたような事件が起きるのは同年十二月のことである。

アジア初の東京オリンピックが開催されたこの年は、日本中がオリンピック一色に染められ、皆がそのブームと景気に沸いた感のある一年でもあった。時代は高度経済成長に向かってまっしぐら、世の中は明らかに大きく変わろうとしていた。

その昭和三十九年も残すところわずかとなった年の瀬の朝、ジョンツ、ヨンド、平沼の三人は、肩をいからせ、国鉄横浜線西口改札口に降り立った。

彼らの通う神奈川朝鮮学校は、そこから歩いて十分ほどの高台にあった。三人はまた以前のように連れだって通学するようになっていたのだ。

「おい、見ろよ。あのヤローら……」

最初に声をあげたのは平沼だった。その眼はすでに獲物を見つけた肉食獣のような光を帯びている。

ジョンツとヨンドもつられて前方を見た。西口改札から程近い駅前売店で牛乳を飲んでいる二人組の姿が目に入った。

一人はグレーのスーツにオールバックのヘアスタイル、片割れは牛乳を持つ指に大きな指輪が光っていた。どこから見ても大人の不良――ヤクザ者である。

ジョンツは嫌な予感がした。

「あいつら、でかいツラしやがって。シメてやる！」

案の定、平沼は二人組に喧嘩を売ろうとしているのだった。

「よっしゃ！」

ヨンドもすぐに乗った。

「おい、おまえら、やめとけ！　ありゃ、ヤバいよ。筋者だ」

ジョンツが止めても、もう二人の耳には入らぬようだった。

平沼が二人組につかつかと近づいて行くや、

「てめえら、どこの者だ!?」

と口火を切った。子ども（不良のアマチュア）が大人（不良のプロ）に因縁をつけているようなもので、それはある種、珍妙な光景だった。

「何や？　おまえは……」

二人連れも、まさか喧嘩を売られているとは思わず、目の前に現われた少年を不審げに見遣った。

「関西者だな。横浜まで来て粋がってんじゃねえぞ、こらぁ！」

とても子どもとは思えぬ啖呵に、相手も思わず目を剥いた。

「何やと⁉　怪我せんうちにあっちに行っとき」

最初は相手にしなかった関西の二人組だが、

「おまえら、ビビッてるんか⁉」

あとから来たもう一人の少年――ヨンドも挑発してくるので、

「ガキどもが！　ナメくさって……いわしたるぞ！」

とうとう本気で怒ってしまった。

「上等だ！　こっちへ来い！」

と、平沼。

ジョンツが止める間もなかった。

〈あ～あ、あいつら、しょうがねえな。オレは喧嘩できないって言ってるのに……〉

嫌な予感が適中して、ジョンツは気が重くなった。かと言って、友を放って逃げだすわけにもいかず、彼らの後ろをついて行った。

一行が足を止めた先は、「白檀《びゃくだん》」というキャバレーの裏側だった。そこに着くなり、

「このヤロー！」

「小僧らっ！」

ヨンド、平沼、関西二人組とが入り乱れての乱闘が始まり、ジョンツも否も応もなく参戦せざるを得なかった。

敵のパンチが唸りをあげて顔面をかすめて行ったとき、ジョンツは前後を忘れた。

「ヤロー！」

道路端に積んであった土管を一つ手にとるや、平沼と対峙中のグレーのスーツに躍りかかった。

その頭めがけて土管を思いきり振りおろした。

土管はスーツ男の頭を直撃、「ガツン！」と鈍い音がして、真っ二つに割れた。男は頭から血を流しながら、その場にぶっ倒れた。

それを見た平沼が、ここぞとばかりに倒れた相手をガンガン蹴り始めた。

その時、ヨンドから、

「おーい、こっちに来てくれ！」

と呼ぶ声が聞こえてきた。

ジョンツが見ると、ヨンドは指輪の男を仰向けに抑えこみ組み伏せているのだが、必死の形相で余裕がなかった。押さえつけられているほうが、空のビール瓶を手にしているのだ。

指輪男がヨンドをはねのけて起きあがるや否や、ビール瓶をヨンドの頭に叩きつけて割った。

それはジョンツが駆け寄ったのと、ほぼ同時だった。

「こんガキャー！」

指輪男が凶器に変えたビール瓶を振りまわしてくる。

ジョンツはとっさに躱《かわ》すが、その先端のギザギザが眉毛のあたりをかすめた。

が、痛みも感じず、ジョンツはそのまま突進し、指輪男を殴り、頭突きを何発も見舞った。頭を割られたヨンドも加勢し、金的蹴りを一発喰らわし、二人して相手を地に沈めた。

ジョンツが振り返ると、平沼は伸びている相手をまだ蹴り続けていた。

「おーい、グー、いい加減にしとけ！　死んじまうぞ！」

ジョンツが叫んだ。その直後だった。

「ヤバい！　サツだ！」

切迫したヨンドの声。そのほうを見遣ると、確かに何人かの警官がこっらに向かって駆けてくるのが目に入った。

「逃げろ！　グー、サツだ！」

倒れた関西の二人組を残したまま、三人はその場からすばやく逃走した。

ジョンツが、眉毛から瞼にかけて血が出ているのに気づいたのは、少し後のことだった。

結局、この事件は〝被害者〟側の関西二人組や現場の目撃者の証言もあって、警察がジョンツたちにたどり着くまで、そう時間はかからなかった。

それと覚ったジョンツも、神余川警察署に出頭、

「連中に土管を食らわしたりボコボコにしたのはオレです。全部、オレ一人でやりました。連れのヨンドと平沼は側にいただけで一切手を出してません」

と二人を庇い、一人で事件を背負ったのである。

これによって、ジョンツは二度目の傷害事件とあって、もはや待ったなし、ただちに少年院行きが確定したのだった。

5

「おい蒋、おまえにゃ、とんだクリスマスプレゼントになってしまったな」

馴染みの年配刑事が、気の毒そうにジョンツに言った。

何も言わず、ジョンツの両手に手錠を掛けたのは、もう一人の若手刑事だった。

群馬県前橋市の赤城初等少年院入りが決まったジョンツを、押送するため、保土ヶ谷の少年鑑

別所に迎えに来た神奈川署の刑事二人であった。

「けど、まあ、こればかりはしょうがねえ。これも天から与えられた試練と思わなきゃな……」

普段からジョンツにはなんとなく目をかけていた老刑事だった。今度の喧嘩にしても、おおかた連れの二人の分まで全部自分でやったことにしたんだろ……と、薄々は察しているようだった。

そんな刑事の言葉に、ジョンツも、

「はい、そうします」

と神妙に応えた。

「おい、今日はやけに殊勝だな。蒋、初めての少年院となると、やっぱりおまえでも怖じ気つくもんかい？」

「いえ、ビビッちゃいませんが、こういうクリスマスイブもあるんだなぁと思って……」

「ホーツ、相変わらずだなぁ。オレはおまえのそういうところを買ってるんだよ」

「刑事がそんなこと言っちゃまずいでしょ。変わってるな、刑事さんも」

「おまえに言われたら世話ないな」

ジョンツと二人の刑事が、横須賀線保土ヶ谷駅から東京行きの電車に乗りこんだのは、昭和三十九年十二月二十四日早朝のことで、通勤通学ラッシュの時間帯であった。

一行は東京駅に着くや、山手線で上野へと出て、そこから高崎線の列車に揺られて向かった先は高崎だった。さらに高崎駅から両毛線に乗り換え、国鉄前橋駅に着いたときには昼近くになっていた。

そこから三人は、バスで上毛電鉄前橋中央駅にと向かう。

「刑事さんよ、ここまで来たんだから、もういい加減手錠を外してくれませんか」

「おお、そうだな」

刑事は前橋中央駅でジョンツの手錠を外したうえ、彼のためにラビットパンと牛乳まで買って手渡してくれるのだ。

その旨さは格別で、ラビットパンと牛乳の組み合わせにジョンツは後々まで忘れられないものとなった。

前橋から目的地の大胡《おおご》駅まではおよそ二十分弱だった。大胡駅で降り、そこから直線距離にして七百メートル、坂を登りきったところに、目差す赤城少年院はあった。

その坂は、通称〝地獄坂〟と言われていた。

「刑事さん、ションベンしたい」

「おう、じゃあ、関東の連れションだ」

年配の刑事が、地獄坂でジョンツと立ちションをつきあいながら、

「おまえね、ここ入ったら一年は出てこれないんだからな。真面目につとめて来いよ」

と、親身になって言う。

「刑事さん、俺は逃げる気もないし、逃げろったって逃げませんよ。横浜のジョンツと言われた根性見せてやりますから」

「うん、その意気だ。一生懸命頑張ってな」

赤城少年院は赤城山の裾野にあり、松林や梅林に囲まれた千貫沼《せんがんぬま》という大きな沼が目の前に拓けていた。それは養鯉《ようり》地《ち》でもあった。

自然環境は抜群で、主に関東圏の十二歳から十六歳までの少年を対象とした長期処遇専門の初等少年院であったが、不良少年たちからは、

「ワルの巣窟《そうくつ》。赤城少年院と言ったら、初等のなかでも最悪」

と恐れられていた。

ジョンツも入所早々、そのことを嫌というほど実感させられることになる。ともかく先輩連中が会うなり入れ代わり立ち代わり、言いがかりをつけ凄んでくるのだ。

「てめえ、丹下左膳か⁉　目の上のムカデは何だ⁉」

「ビール瓶のギザギザで斬られました」

横洪駅西口の喧嘩で斬られたもので、七針縫う破目となったのだ。

「バカヤロ、ギザギザだって⁉　それは〝傷〟っていうんじゃねえのか、このヤロー！」

るやりかただった。

「……」

不良用語で〝ひっつき〟と言って、ああ言えばこう言うスタイルでしつっこく因縁をつけてくるやりかただった。

その夜はおよそ八百人全員が講堂に集まって、クリスマスイブの催しがあった。外からやってきた神父の指揮のもと、「〽イエス様……」と賛美歌を歌うのだが、ジョンツは後ろのほうの席だった。

すると、近くの古株が、ジョンツに
「おい、新入り、おまえ、何でここにきたんだ？」

聞いてきた。

「傷害ですが……」

答えると
「電車で来たんだろ、このヤロー！」

と、またもひっついてくるのだから、やりきれなかった。

しかも、そいつらの人相や風体を見ると、とても十五、六のガキには見えなかった。最も年上のヤツでも十六歳しかいないはずなのに、とてもそうは見えず、ジョンツは胸の内で、

〈おいおい、嘘だろう⁉　こいつらオレと一つしか違わないなんて、あり得ねえな。どっから見

たっておっさんじゃねえか。えらいとこに来てしまったなあ……〉

と嘆息を漏らした。この連中とずっとつきあって行かなければならないと思うと、先が思いやられたのだ。

そういえば、入所時の最初の分類の手続きで、担当の教官が、

「蒋鍾特です」

と、名乗ったジョンツに、

「おまえ、名前もう一つ、あるだろ」

「はぁ？」

「日本名のほうだよ」

「大本ですか？」

「そうそう、そっちの名前を使えよ」

「いえ、蒋《しょう》でいいですよ」

「いや、大本を使え」

と、押しつけようとしたのも、決して嫌がらせではなかった。むしろ、逆で、在日朝鮮・韓国人とわかると、先輩たちのいじめ・ひっつきが余計ひどくなることへの、教官なりの配慮からだった。

ジョンツは結局、蒋で押し通したのだが、初めて暴力のきつい洗礼を受けたのも、そのことに

起因していた。

まだ考査房にいたときのことだ。部屋から廊下に出たジョンツと鉢合わせしそうになった古参生がいて、端《はな》から憎々しげにジョンツを睨んで、

「てめえ、新入り、名前は何て言うんだ？」

「蒋です」

「このヤロー。朝鮮人だな！」

言うより早く、彼は相撲の喉輪《のどわ》のようにして、ジョンツの喉を手で思いきり突いてきた。いきなりの事で、ジョンツは躱す間もなかった。ノドワの男は、

「オレも朝鮮人なんだよ！　けど、オレは朝鮮人が嫌いなんだ！」

との捨て科白を残して去っていった。よほど屈折した心情の持ち主らしかった。

お陰で、ジョンツは丸一日半も声が出なかったほどだ。

6

新入生の単独寮での考査期間は約十日間と決まっていたが、なぜかジョンツは二カ月間も考査寮に留め置かれた。

単独寮といっても狭い個室で、謹慎寮を兼ねていたから、ときとしてジョンツの他に一人か二人加わることもあった。が、概ね暇でやることもなく、時間をもて余した。

新入生でも物怖じしないジョンツは、万事不遜と見られるのか、先輩連中から目をつけられ、ぶつかることも多かった。

なにしろ、彼らが廊下の突きあたり奥に山積みされた布団を取りに来たり、再び置きに来るたびに、必ずジョンツのいる考査寮前を通らなければならないのだ。嫌でも顔を合わせることになり、

「おい、おまえ。どっから来たんだ？」

「横浜ですよ」

「てめえ、何だ、その態度は!?　このヤロー、随分生意気なヤローだな！」

と始まって、いつも同じことが繰り返されるから、終いにはジョンツもキレて

「うるせえ！　このヤロー！　人が下手に出てりゃつけあがりやがって……てめえこそ、どこの何者だよ!?」

「――こ、このヤロー！　てめえ、覚えてろよ。下《お》りてきたら、タダじゃおかねえぞ！」

という展開になってしまうのだった。

「下りてきたら」というのは、考査寮（一階五室、二階六室）に移ってきたらという意味で、ジョンツがようやく二階五号室に下りたのは二カ月後のことだった。確かにその制裁《ヤキ》の洗礼たるや、半端ではなかった。

〝急降下〟というヤキは、二人がかりで仰向けに押さえつけた標的の鳩尾《みぞおち》目がけ、押入れの二階から膝降下する攻撃を指した。プロレスの技でいうニードロップだった。食らった者は失神で済むならまだしも、ヘタしたら死んでしまいかねない荒技であった。

踵《かかと》で内股を蹴りつけるヤキは〝内股ヨーカン〟、外股なら〝外股ヨーカン〟と言い、その痛さはやられた者にしかわからなかった。

他に、正座させたうえで、その膝を小さな机を振りおろしてパンパン叩くヤキもあれば、

「よし、てめえ、胸《むね》パン百発だ」

と宣言して行なう〝胸パン〟というのもあった。

胸《むね》パンチのことで、百発のパンチを胸に食らわすのが〝胸パン百発〟のヤキの儀式だった。

これをやられると、痛いと感じるのは最初の三十発くらいまでで、三十発を越えたあたりからは、感覚が麻痺して何も感じなくなってしまうのだ。

どこを痛めつければ一番効くのか、自分の躰で身につけた不良少年たちの実践学とも言えたが、いかんせん、まだ十代半ばのガキゆえに加減というものを知らないから厄介だった。

ときには内臓破裂等で死に至らしめることもあり、過去にはヤキによる死者も少なからず出ていた。

院生たちにすれば、教官より何より恐ろしかったのは、先輩連中による制裁《ヤキ》、ひっつきという名のいじめであったのだ。

ジョンツも入所して初めて食堂に入ったとき、何ヶ所か窓ガラスが割れているのを、不思議に思ったものだが、それは脱走未遂の痕跡に他ならなかった。

鉄格子がないのは食堂だけであったから、その窓ガラスを破って脱走を図ろうとする院生があとを絶たなかったのだ。

もとより彼らとて、逃げられないのはわかっている。窓ガラスを破って脱走したところで、広い千貫沼が待っていて、そこを泳いで向こう岸に渡ろうとしても、すぐに捕まってしまうのが落ちだった。

端から承知していても、彼らにすれば、やらずにはいられなかった。ただただ、先輩たちのヤキひっつきから逃れたい一心からの逃走劇なのだった。それほどヤキを怖れたのだ。

ジョンツは、そんな音に聞こえた赤城年少名物のヤキの数々——急降下爆撃や外股・内股ヨーカン、机の膝叩き、胸パン百発もすべて耐えて、地獄のような日々をなんとか乗りきった。入所して半年ほどは、凄まじいまでのヤキを食らい続けたのだが、

〈ここで音をあげ、泣きを入れたら、オレはお終いだ。こんなヤツらに負けてたまるか！　俺の根性を見せてやる！〉

との一念がジョンツを支えたのだった。

集団寮に下りて半年ほど経ったころには、ジョンツもそこそこいい顔になっていた。

そんな時期、部屋替えがあり、ジョンツは二階五号室から同二号室へ転寮となった。

二号室に移ったジョンツが驚いたのは、窓の鉄格子がグニャッと大きく曲がっていることだった。人が抜け出られるくらいの隙間が空いているのだ。

「これ、いったいどうなってんの？」

ジョンツがそれを指さして、部屋の者に訊くと、

「——脱走だよ。束ねた布を使って引っ張って、みんなねじ曲げたって言うから、凄《すげ》え力だよな。で、部屋のヤツ全員で逃げたんだけど、最後のケツのでかいヤツだけは出れなかったそうだ。結局はみんな捕まったっていう冴えない話だな」

「そりゃ、いつの話なんだい？」

「そんなに古い話でもないらしい」

「で、鉄格子も曲がったままっていうわけか」

「ああ」

部屋には温厚そうなそいつだけが一人残っていて、他には誰もいなかった。あとの六人は全員が謹慎寮に入っているというのだ。

そうと知ったジョンツは、

〈けっ、揃いも揃って謹慎寮ってか。ここもワルいのばっかりってことだな……〉

と真っ先に思ったものだが、そのうえうんざりしたのは、部屋の名簿を見たときだった。自分より経歴の浅い者が一人もいないのだ。

〈げっ、やっと〝マッサラ〟(新人)の身から解放されたと思ったら、オレより古いヤツばっかりじゃないか。また、オレがマッサラってわけかい……〉

と内心で溜息がついた。〝マッサラ〟ということは、一番下扱いされ、皆の食器配膳係などもやらされることを意味した。

「くそっ、やってらんねぇな。よし、見てろよ！」

今度は声に出して宣言した。皆が謹慎寮にいるのを幸運として、ここがチャンス……と、ジョンツは肝を括ったのだ。

謹慎寮からは各人が時間差で別々に部屋に帰ってくるわけだから、そこを一人ずつ説き伏せることにした。言うことを聞かなければ聞くように仕向けるまでだ。

ジョンツは、先輩たちが部屋に戻ってくるなり、

「オレは蒋という者だ。初の見参、お見知りおきを。けど、いいか、オレはもう〝マッサラ〟はやらねぇからな。よろしく頼むよ」

と挨拶、半ば脅しあげたのだ。

先輩たちは、〝転校生〟から頭ごなしに物を言われて、

「何を！」

と目を剥く者もいたが、最終的には、

「わかったよ」

と従うのが大半だった。すでにこの時分には、ジョンツの名が院生の間でも通っていたからでもあったろう。

それでも、一人だけ、ジョンツに対して一歩も引かず、先輩ヅラして物申してくるヤツがいた。

〝成田のマーちゃん〟の呼び名で通っている坪井という男で、そいつだけが皆の前でも
「おーい、蒋、モタモタすんなよ、てめぇ」

とやっていたから、ジョンツは、

〈このヤロー、いつかシメなきゃならんな〉

と決心した。

だが、上の者をシメるとなると、ヘタなことをやったのでは、逆に他の部屋の番格たちからけじめをとられかねなかった。

そこで、ジョンツは、番格の一人に根まわしをすることにした。隣の部屋の番長である藤原某に話を持っていったのだ。

板金の作業中、藤原が便所に立ったのを見て、ジョンツもあとに続き、

「藤原君、茨城でしたね。シヤバじゃ凄いらしいですね。聞いてますよ」

とおだてあげることから始めた。

「いや、それほどでもないよ」

「シャバにでたら、茨城行きますから、よろしく頼みます」

「おお、いつでも来いよ」

「それでオレ、どうしてもケツまくりたいヤツいるんだけど、いいですか」

「いいよ。あとのことは心配するな」

根まわし成功である。

トイレから作業場に戻ると、お誂え向きに、当の坪井がジョンツに絡んできた。

「てめえ、どこへ行ってきたんだ？」

計ったような展開に、ジョンツも思わず笑えてきて、

「てめえって？　おい、こら、坪井！　おまえ、口のききかたに気をつけろよ！」

「――おっ、な、何だ？……」

びっくりしたのは坪井である。それまでの「坪井君」が呼び捨てに変わったのだから。

「おい、坪井、粋がってんじゃねえぞ、このヤロー！　先輩だと立ててりゃ、つけあがりやがって！　てめえなんか、いつでも勝負してやんからな！」

「――ヤ、ヤロー！……」

言ったきり、坪井は黙りこんでしまった。

ジョンツの様子から、それまでとは違う何かを感じとったのだろう。

それはジョンツが二号室の実質的な番長となった瞬間でもあった。

以来、〝成田のマーちゃん〟こと坪井もまた、ジョンツの前では別人のように大人しくなっていく。

7

一年三カ月の歳月を経て、ジョンツが晴れて赤城少年院を退院するのは、昭和四十一年三月八日のことだった。

小雪がチラつく中、ジョンツを迎えに来てくれたのは、母の慶蘭と父親代わりの叔父蒋勝利の二人であった。

「ジョンツ、長いこと、ご苦労さん」

にこやかに迎える二人に、ジョンツが、

「叔父さん、母ちゃん、今日まで本当にありがとうございました」

と頭を下げた。この一年三カ月間、まだ高速道路もできていない時分、毎週、横浜から半日かけて群馬の赤城少年院まで．一週も欠かさず面会にきてくれた二人だった。

いくら親とはいえ、なかなかできることではなかった。それを思うと、ジョンツは自然に頭が下がるのだった。

正門を出るや、すぐに後ろを振り返って白い建物と赤い屋根を見上げたジョンツに、

「振り返っちゃダメなんだろ、ジョンツ。また戻ることになるって言うじゃないか」

どこで聞いてきたのか、叔父の言い草に、ジョンツが笑って、

「叔父さん、それはどっかの刑務所の話。ここに戻るヤツはいません。戻るとしたら、ランクも上がって中等か特少、印旛か八街《やちまた》、久里浜、小田原あたりになると思いますよ」

と軽口を叩いた。これには、

「バカなことを言ってんじゃないよ。まったくおまえと来たら、本当に懲りない子だねぇ」

と、母がピシャッと窘《たしな》めた。

唯一、頭が上がらない存在である母に釘を刺され、ジョンツは首をすくめた。もちろん彼とて、二度と戻りたい場所ではなかった。不良少年たちの執拗なひっつきとヤキ、軍隊あがりの鬼のように厳しい教官のシゴキ、何かと言えば、ジョンツを目の仇にする教官……思い出すだに悪夢であった。

そんな地獄のような日々には二度と戻りたくなかったし、思い出すことさえ嫌でたまらなかった。

だが、ジョンツがそうした状況を突破するのは、入所して半年ほど経ったあたりからである。どんなヤキやシゴキにも音を上げず、耐え抜き、意地と根性を見せるジョンツに対し、先輩たちも一目置くようになり、ジョンツを毛嫌いしていた教官さえ、逆に可愛いがるようになったのだ。

古い連中がいなくなると、あとはもうジョンツの天下で、最古参として彼はたちまち全体のボス、赤城少年院の総番長として君臨、最後のほうは地獄どころか、居心地の良ささえ感じていた

ほどだ。

そんなことはおくびにも出さずに、ジョンツは母に、

「母ちゃん、心配しなくていいよ。オレはもう懲り懲りだから。こんなところへは二度と来ない。喧嘩もしないし、真面目にやるから」

と本心から誓った。

「……信じるよ。母ちゃんはおまえのこと信用してるから」

ジョンツを見る母の顔が和んだところで、叔父の勝利も、

「さぁ、話は車に乗ってからだ。横浜まで、長い旅になるぞ」

と母子を車の中に促し、自分は運転席へと座った。

ジョンツは母とともに後部座席に乗り込むと、、ゆったりと躰を沈めた。

こんなふうに心から寛げる時間というのは、いつ以来のことだったろうか。

ジョンツは心底開放された気持ちになって、叔父が先ほどそっと手渡してくれたハイライトを啣《くわ》えた。

「おまえ、中でも煙草喫ってたんじゃないだろうね？」

母が言うのに、

「まさか、できっこないよ」

実際のところは、可愛がってくれた教官が宿直の夜、内緒で喫わせてくれることもあったのだが、さすがにジョンツも、そうは言えなかった。

ジョンツはハイライトに火を点け、深々と肺の奥まで吸い込んだ。頭がクラクラしたが、

「フーッ、旨えなぁ」

母は苦笑するだけだった。

叔父の運転する車は静かに発進し、坂道を次第にスピードを上げ、赤城少年院が見る間に遠ざかっていく。

「ジョンツ、中で友だちはできたのか？」

ハンドルを握りながら、叔父が訊いてくるのに、ジョンツは首を横に振り、

「叔父さん、あそこじゃ無理ですよ。友情なんか生まれっこない。少年院というとこは、不良少年を更生するところじゃなく、ワルをもっとワルくするところ。あの中で一緒だったなんて言ったって、シャバ出たら、もう誰とも会いたくないし、他のヤツも同じだと思いますよ」

「ふーん、そんなもんかね……」

日本に来る前は、韓国、釜山で歴史学者だった叔父は、どこまでも生真面目だった。

「あの中とシャバとじゃ、まるで人間が違ってるというヤツもいるんですよ。あの中じゃ、素のまんまで勝負するだけ、虚勢張っても通用しないですから」

実際、ジョンツはこの数年後、赤城少年院で一緒だったトムという男と、シャバで嫌な再会の仕方をすることになる。

トムが同少年院に入所してきたのは、すでにジョンツが中でそこそこいい顔になっていた時分で、たまたま風呂場で顔を合わせた二人、

「どっから来たんだ？」

と訊く先輩のジョンツに、新人のトムは、

「は、はい、じ、自分は藤沢です」

ビビッているのと緊張とで、どもりながら答えたものだ。

「おおっ、同じ神奈川じゃないか」

さらに聞くと、藤沢の不良仲間に共通の友人がいることもわかった。

「よし、おまえ、トムと言ったな。部屋はどこだ？」

「一階の一室です」

「ほうか、じゃあ、面倒見てやんから」

ジョンツが請け合った。

その約束通り、それからしばらくして、一階一室の番長から、

「蒋、あのトムっていうヤツ、シメていいかな」

とジョンツに打診があったときも、

「あいつがどうかしたのか？」

「いやぁ、ヘタレで泣きタレでよ。他の者に示しがつかないんだ」

「それはやめてくれないか。オレに免じて」

「しょうがねえな、おまえが言うんじゃ」

というやりとりがあって、トムへのヤキをストップさせたこともあったのだ。

そんな少年院時代を経て、数年後、ジョンツがトムとシャバで再会したとき、彼は中にいるときとは別の人間になっていた。

地元神奈川の組に入ってヤクザとなり、いい兄ぃとして売り出している最中だった。その噂はカタギのジョンツの耳にも入ってきていた。

そうしたある夜、ジョンツが友人と二人で横浜で飲んでいると、トムから、すぐ近くにいるから来て欲しいとの連絡が入った。

ジョンツが友人と一緒に赴くと、トムは組の手下たちとスナックを借り切って待っていた。

「年少でお世話になったから、今日は一席設けました」

トムが言うのだが、ジョンツから見て、どうもそんな雰囲気ではなかった。

店にいるトムの舎弟たちは決して友好的なムードではなく、いつでも飛べる（襲いかかれる）

格好でいるのだった。

〈ハハーン、そういうことか……〉

ジョンツは、自分を呼び出したトムの魂胆をすぐに見抜いた。

〈要するに、こいつは、「オレはもう少年院のときとは違うんだよ」ということを、オレに見せつけたいわけだな。なるほど、ビビリ屋の考えそうなこった……〉

ジョンツは酒を飲んでいても、少しも旨くなかった。途中からドブロクに代えたが、いくら飲んでもいっこうに酔いはまわってこなかった。

とうとう我慢できなくなったジョンツは、トムに十円玉を渡し、

「おい、トム、あそこの赤電話で電話してきてくれないか」

と言った。

「どこへ電話するんです？」

「おまえんとこの組事務所だよ」

「えっ、何で？」

「いまからてめえをシメるからだよ」

「えっ⁉」

トムの顔色がサッと変わった。

「このヤロー、これじゃ、オレを招待してんじゃなくて、威嚇してんじゃねえか！　舎弟たちを飛ばす気か⁉　おまえな、年少で面倒見たからって、この仕打ちはないだろ」

「い、いえ、そんなつもりは……」

「来るならいつでも来い！　このヤロー！」

カタギなのに、組の威光を恐れ入るどころか、少年院時代と少しも変わらぬ姿勢で押してくるジョンツに、トムは気圧され、その気迫に呑まれてしまった。

「……お気に障ったら、勘弁願います」

思惑が外れたばかりか、つい詫びを入れる始末となったのである。

8

ジョンツが理解できなかったのは、組の看板を背負うと人間が急に強くなり、看板がなくなるとまるで弱くなるという心理で、男同士、一対一で喧嘩しようというときにも
「おまえ、どこのモンだ⁉」

と必ず聞いてくる輩がいるのには、うんざりしたものだ。そういうときには決まって、

「それがどうした⁉　関係ねえだろ。おまえはいちいち組を名乗んなきゃ、喧嘩もできねえのか！」

と返したが、それで引いてしまう相手も少なくなかった。

不良仲間の多くがヤクザになったのに、ジョンツが最後までヤクザの道に進まなかったのも、根性のないヤツが看板背負った途端に虚勢を張り出す姿を数多く見てきたからで、そんなふうにだけはなりたくなかった。

ジョンツにとって、最初の〝ヤクザ体験〟も最悪だった。反町ロマン座事件がそれで、兄貴分がやられたからといって、十四歳のガキ相手に本気で指を詰めようとする、その了見がたまらなく嫌だった。

どれほど喧嘩三昧を繰り返し、どこまでもツッパリ人生を貫こうとも、ジョンツの中で、ヤクザになるという選択肢はなかった。

いくらヤクザと衝突を重ねようと、逆に彼らと友人づきあいするようなことになろうと、どんな局面にたたされようと、ジョンツはその一線——ヤクザにはならないという最後の一線だけは守り通したのだった。

少年院仲間であるトムとのシャバでの後年の再会は、ジョンツにとんだ不快感を齎したが、そ

れとはまるで反対のケースもあって、ジョンツに一服の清涼剤を齎したこともあった。

　赤城少年院を出て二十数年後のことで、ジョンツも四十代、それは奇跡のような再会であった。

　そのころ、ジョンツがよく群馬に行くようになっていたのは、横浜・市ヶ尾で経営を始めたパチンコ店がようやく軌道に乗って、二軒目のパチンコ店を群馬・伊勢崎にだしたからだった。

　その夜、ジョンツは伊勢崎からの帰り、前橋の馴染みのナイトクラブで酒を飲んでいた。友人のジョニー大倉と一緒だった。

　前橋一のクラブで、客筋も良いと評判の店も、当夜は少々ガラの悪い客も入っていて、店のママに大声をあげだした。

「あれほどエリカを呼んどいてくれって言っといたのに、どうなってんだ！」

　騒ぎが大きくなったところで、たまたま席が近かったため、ジョンツが、

「おい、みっともないよ。うるさいから、表へ出ようか」

　と口を出した。

「何を！　このヤロー！　ええカッコしやがって！　上等だよ！　表へ出ろ！」

　お決まりのシーンとなって、その客とジョンツが店の外へと出た。相手は連れがいて三人。ジョンツはジョニーを席に残して一人。

「おい、こら、てめえはどこの者だ⁉」

と例によって、ジョンツの一番嫌いな科白が相手から飛び出した。

「うるせえんだよ、おまえは！　ごたくはいいから、さっさと始めようぜ」

とジョンツが手構えようとしたところ、三人組の右斜め後ろの方向から、

「——おおっ！　おーい、おまえ!?……」

と声が聞こえたかと思うと、ジョンツの前まで駆け寄ってきた者があった。

大きな図体をした、見るからに狂暴そうな顔をした男だった。

「何だ、てめえは!?」

新手の出現に、ジョンツが油断なく向き直ると、

「ジョンツ、蒋だろ、おまえ！」

「えっ？……」

「オレだよ、オレ。萩原だよ。年少で一緒だった」

「おおっ、あの萩原か！　考査の……」

「そうだよ！　おまえはちっとも変わらんなぁ、あれから二十何年経ってんのに……すぐにわかったよ」

荻原は興奮し、ジョンツに抱きついて頬にキスまでしてくる。

この光景に呆気にとられ、すっかり気を呑まれてしまったのか、ジョンツとやり合うはずだっ

た三人組はいつのまにか姿を消していた。

「いや、驚いたな。まさか蒋とここでバッタリ会えるとはなぁ」

「オレだってたまげたよ。そうだったな、おまえ、前橋って言ってたもんなぁ」

赤城少年院では、ジョンツより三、四日あとに考査寮に入ってきたのがこの萩原で、二人は同期といっていい間柄であった。

どっちも目一杯ツッパリあい、ワルかったので、当初は反目しあっていたが、一度口を利いてからはなぜか馬が合い、仲良くなったのだった。

少年院を出たのもほぼ同じ時期で、二十数年ぶりの再会であった。

「けど、萩原、おまえ、よくオレのことを憶えてたな」

「あそこの仲間のことは、他のヤツは全部忘れても、おまえのことだけは忘れられなかったよ」

「うれしいこと言ってくれるなぁ」

「そうだ。おまえに見せたいものがあるんだ。オレの車に乗れよ。すぐ行こう」

ジョンツは誘われるままに、萩原の車に乗った。

「何だい、見せたいものって?」

「そりゃ、行ってからのお楽しみだよ」

車は走り続けた。萩原は旧友と再会した嬉しさで御機嫌になっており、ハンドルを握る手も軽快だ。

が、車はなかなか目的地に着かなかった。前橋市街から離れ、郊外のほうへ、どんどん寂しいところへと向かっている。

〈ん？　おかしいな。このヤロー、何かオレに恨みがあって、オレをやろうとしてんじゃねえだろうな……　いや、まさか、そんなはずはないよな……〉

ジョンツがそんなことを考えていると、何やら前方に派手なネオンサインがチカチカ点滅しているのが見えてきた。

「着いたよ。これ、オレの店だよ」

見ると、表の看板に『フィリピンパブ　ショー』とあった。

「おまえにいつか会えると思ってな。おまえの苺からとって名前つけたんだよ」

「へぇ、そうか……」

ジョンツは思わぬ話にジーンと来て、あとの言葉が出てこなかった。不覚にも涙ぐみそうになった。

それをグッと堪えて、

「荻原、ありがとな。年少に行って、いいことなんか何もなかったと思ってたんだが、違ってたな。おまえのような仲間もいたんだな」

と、紛れもない実感を述べた。

赤城少年院を出たばかりのジョンツにとって、この荻原の件は、トムとの一件よりさらにずっと先の話には違いなかったが、こんな少年院仲間もいたことが、またとない救いとなったのであった。

9

赤城少年院を出て最初に食べたカツ丼の味は、ジョンツにとって生涯忘れられないものとなった。

「ああ、旨《うめ》えなぁ！　カツ丼て、こんなに旨かったんだなぁ！」

ジョンツが感嘆の声を挙げると、叔父が笑って、

「お替りをすればいい、ジョンツ」

と勧めたが、母は何かを察したように、寂しげに微笑むだけだった。

少年院ではろくに食べられなかったに違いない。だから、この子はこんなにも痩せ細ってしまったのだ――との思いが、胸に沸いてくるのだ。

「御飯がこれほど白くて旨いってことも、すっかり忘れてた。この御飯があれば、おかずなんて何も要らないほどだよ。御飯だけでくえるなぁ」

ジョンツの食いっぷりは凄かった。またたく間にカツ丼を平らげると、続いて一緒に頼んだラーメンに取りかかる。

「これ、ジョンツ、あわてずに食べなきゃダメじゃないの」

母に窘められても、ジョンツのペースは落ちなかった。

少年院を出てから車で国道六号線をおよそ二時間、昼近くなったので入った、何の変哲もない街の小さな食堂であった。

客は他に一組、地元の中年サラリーマン風が二人、ジョンツの食べっぷりを、店の人とともに微笑んで眺めていた。

店内のラジオからは美空ひばりの「柔」が流れていた。前年度のレコード大賞曲だった。

食事を終えると、ジョンツ一行は車に戻り、再び叔父の運転で横浜に帰るべく出発する。

すっかり満腹となったジョンツは、後部座席で揺られているうちに、心地良さのあまり、うつらうつらしだし、いつのまにか寝入ってしまっていた。

ジョンツは一時間ほど眠っただけで目が覚めたが、車はまだ神奈川に入っていなかった。

隣に座って、息子が起きたことに気づいた母が、

「よく寝てたわねえ」

と声をかけてきた。

「うん、いい夢を見てたよ。すごく幸せな夢を……」

「おまえ、寝ながら顔が笑ってたもの」

「浦川の夢を見てたんだ。オレが大入川《おおにゅうがわ》で鮎や鰻を手摑みで捕ってる夢だった。空はどこまでも晴れわたって雲ひとつなく、青空が広がっていて、オレはパンツ一丁で大入川に入ってるんだ。水面がキラキラ光って、川の底まで見通せるくらい透き通った、きれいな川だからな、あそこは。オレはいつのまにか小《ち》っちゃな子どものころに還ってた……」

「母ちゃんから見れば、いまだっておまえは子どもだよ」

母が真顔で応えた。

「けど、夢とは思えないくらいリアルな夢だったなぁ。風が本当に気持ちよくて、鮎や鰻のバシャバシャ跳ねる音が、まだ耳の奥に残ってるよ」

「ふーん、だから、あんな幸せそうな顔で寝てたんだね」

母が頷くと、ハンドルを握る叔父も、

「そりゃ夢というより、あの浦川という町の現実そのものじゃないか。あそこぐらい自然に恵まれたところもないからね。ジョンツ、久しぶりに浦川に帰りたいんだろ。なんせ、故郷だからな」

「ええ、帰りたい——ホントに帰ってきたという感じがするとこなんですよ、浦川は。五歳までしかいなかったけど、あそこくらい懐かしくて郷愁を感じる町はないですよ。夏休みには毎年帰ってたのに、去年は初めて帰れなかったから……」

「少年院のせいで浦川に行けず――か。そりゃジョンツにすりゃ、天国と地獄くらいの差があったよなぁ」

「浦川」いうのは、ジョンツが生まれ育った静岡県磐田郡浦川町（現・浜松市天竜区佐久間町浦川）のことで、彼が父蔣（大本）聖達、母慶蘭の三男としてその地に生を享けたのは、昭和二十四年五月二十八日のことだった。近くには有名な佐久間ダムがあった。

一九〇七年生まれの父聖達は韓国の慶尚南道釜山出身の在日一世、青雲の志を抱いて韓国から日本に渡ったのは戦前のまだ若かりしときである。

聖達は土木建築労働者として全国各地の飯場を転々とした後に、自らの才覚と手腕を元手に独立、静岡・浦川町で土建業・大本組を旗あげ、天竜川支流の河川工事等を請け負って実績を伸ばし、確固たる地盤を築いたのだ。いわば立志伝中の人物である。

その父の聖達が病に冒され、闘病の末に世を去ったのは昭和二十六年四月五日、ジョンツが二歳のときだった。四十四歳という男盛りの死であった。

いち早く自分の死期を覚った聖達は、亡くなる前、釜山で暮らす末弟の勝利を呼んで、彼を大本組の後継者に指名したばかりか、

「子どもたちのことを頼む。おまえが父親代わりになって面倒みてくれ。とくに鍾特《ジョンツ》は生まれた

ばかりで、実の父の顔さえ知らないことになるから、なおさら不憫だ。あとのことをくれぐれも頼む」

とあとを託したのだった。

儒教の国である韓国では、親や長兄の言うことは絶対であり、逆らえない。まして日本で稼いだ金を釜山の父母や弟たちにずっと送り続け、彼らの生計を支えてきた聖達の、死を前にした遺言とあれば、聞かないわけにはいかなかった。

かくて否も応もなく、勝利は学者を辞め、釜山に妻子を残したまま、海を渡って静岡・浦川町に単身赴任し、土建業・大本組を継承したのである。そのときからジョンツの父親代わりともなったのだ。

勝利にしても、浦川町は横浜に引っ越して十年以上経ったいまでも懐かしくてならない土地だった。

「なにしろ聖達兄さんは、あの浦川の町ではよほどいいことをしてるんだね。あそこの氾濫が絶えなかった天竜川支流沿いに、堤防と道を造ってるんだから。死んだあとも、地元の人からあれだけ敬愛されてる人間も珍しいんじゃないかな」

叔父が言うのに、ジョンツもわが意を得たりとばかりに、

「そうなんですよ、叔父さん。オレなんかもあの町に行くと、いまだにヅケがいいんです。どこ

行っても『大本の坊ちゃん』扱いしてくれるから」

「ヅケだなんて、また不良言葉を使って……　しょうがないね、この子は」

と、母が隣で苦笑する。

「いつだったか、夏休みに帰って、あそこの大入川《おおにゅうがわ》で鮎を獲ってたら、まだ解禁前だったんで、監視員が橋の上から『こらぁ』って怒るんだ。オレも『うるせぇ！　このヤロー！』ってやってたら、その監視員、『あんた、もしかしたら、大本さんの坊やかい？　横浜に越したって聞いてるけど、皆さん、お元気ですか？』って親しみをこめて訊いてきたっけなあ……」

「地元じゃ、大本組は有名だったし、兄さんは本当に感謝されてたからねぇ」

「オレが雑貨屋さんへ線香とか塩を買いに行っても、店のおばあちゃんがオレの顔をジッと見て、『あんた、大本さんの坊《ボン》か？』って抱きついてくるんだ。『あんたのお父さんがこの町にいたときは、そりゃ賑やかで凄かったんだよ』って」

ジョンツの話に、母の慶蘭も大きく頷いて、

「小さな町なのに材木で栄えた町だから、芸者さんも多かったのよ。商談が成立すると、料理屋さんで昼夜構わず芸者さんとドンチャン騒ぎ。あんたのお父さんも、芸者さん呼んじゃ宴会ばっかりやってたから」

「道理で。オレは親父のことは何も憶えてないけど、なぜか赤ン坊のときから芸者に囲まれてる

記憶があるんだ。目の前に、いつも芸者さんのお乳が並んでるというイメージが強烈に残ってるんだ……」

これには叔父も母も、声をあげて笑った。

「だから、オレが五歳のとき、川で遊んでると、橋の上にトラックが停まって、車の中から、叔父さんや母ちゃんが、『おーい、ジョンツ、行くぞ』ってそのままトラックに乗せられ、浦川をあとにしたときは何が何だかわからなかった。そのまま横浜へ連れていかれ、『今日からこっちに住むんだ』って言われたときには、びっくりしたし、ショックだったなあ……」

思い出話に浸っているうちに、三人を乗せた車はとっくに神奈川に入り、横浜までもう少しという地点にまで迫っていた。

第二章　酒とバラと喧嘩の日々――バラ高七カ月の青春

1

一行が国鉄横浜線大口駅前——横浜市神奈川区入江町の実家に着いたときには、もう夕方近くになっていた。朝早くからほぼ一日がかりの行程であった。

ジョンツが、家に帰ったこの解放感や安堵感以上に、まずそのこと——長い旅路の大変さに思いを馳せたのだった。

〈——こんなにも遠かったのか！　丸一日潰れてしまうほどの時間をかけて、お袋と叔父さんは毎週欠かさず赤城まで来てくれていたのか！〉

と驚き、二人に感謝せずにはいられなかった。

〈とてもじゃないけど、オレが親だったら、いくら子どものためとはいっても、ここまでできねえな……〉

親のありがたさにおのずと頭が下がるのだった。

仏壇に手を合わせ茶の間に戻ったジョンツに用意されていたのは、針が刺してある豆腐であった。

どういう意味があるのか、ジョンツにはわからなかったが、以前、少年鑑別所から帰ったときも、母は同じものを用意してくれていた。

ジョンツは豆腐からその針を抜くと、箸を手に、醤油も何もつけず、その真っ白い豆腐を食べた。

おそらく真っ白い豆腐を口にすることで身を清めるという意があるのだろう。それは刑務所帰りのヤクザ者などによく見られる習慣であった。

「長いこと御苦労さん」

母のねぎらいに、ジョンツはようやく家に帰ってきたという実感が湧いてくるのだった。

「母ちゃん、ただいま帰りました」

ジョンツにとって、この母あっての己であった。

その後も、懲りないジョンツは、ヤンチャを重ねて喧嘩三昧、相手が誰であろうと引くことを知らずに立ちむかい、ツッパリ人生を貫いて行くのだが、少々脱線しても決して曲がったことはせず、道を踏み外さずに済んだのは、ひとえにこの母の躾、教えがあればこそだった。

母は旧姓を季慶蘭といい、両親と一緒に韓国から海を越えて日本に渡ってきたのは昭和初期、まだ幼い時分であった。

日本に来るなり、父は土木工として、母は飯場の賄いとして働き、季一家三人は各地の土木・建築工事現場を転々とし、小学生の慶蘭は学校に居つく間もなく、七回の転校を余儀なくされたという。

長じて慶蘭も彼女の母親同様、土木工事現場の飯場で賄いとして働くようになった。夫となる蒋聖達と出会ったのも、関東のある工事現場でのことで、そのとき慶蘭は十七歳、聖達は三十三歳の男盛りだった。

二人は恋に落ちて間もなく結婚し、翌年の昭和十六年三月三日に長男光佑が生まれ、以後、長女、次男、次女と続いて五番目の末っ子、三男として生まれたのが鍾特であった。

この末っ子、他の兄弟と違って際立って腕白、手がつけられないほどヤンチャな男の子だった。

そのヤンチャぶりになお一層拍車がかかるのは、一家が静岡・浦川から横浜に越してからのことである。昭和二十九年、五歳のときだった。

それまで「大本家の坊や」として乳母日傘で育ち、時としてその片鱗こそ窺えたものの、浦川時代はそれほどはっきりした暴れん坊の兆候はまだ表われていなかった。

ところが、引っ越した先の横浜市入江町——国鉄横浜線大口駅前のあたりは、当時は職人の街として知られ、その時分はともかくガラが悪いところで、不良も多かった。

その大口の街がジョンツをはっきりと目ざめさせたのだ。それこそはジョンツの火病《ファンビョン》の如き熱き血に他ならなかったろう。

慶蘭が後によく零《こぼ》したのは、

「大口という街を選んだのが、運命の分かれ目だったのかも知れない。大口にさえ来なきゃ、ジョンツもあんなにワルくなってなかったかもね……」

もとより笑みを含んだジョークには違いなかったが、それとて母親の強い愛情が言わしめるものだった。

慶蘭はジョンツを見るたびに言った。

「いったい誰に似たのかね？　おまえのその利かん気、喧嘩早さ、荒っぽいのは。お父さんは喧嘩ばかりしてるような人じゃなかったからね」

慶蘭は死んだ人を懐かしむように目を細めた。

「お父さんは丸い眼鏡をかけてね、ポマードでいつも頭をなでつけていて、とてもオシャレだったから、女の人にもモテたんだよ。人の面倒見がよくて侠気があってね……自転車の後ろに荷物をいっぱい積んで走りまわってた印象が強く残ってるわ……」

「けど、母ちゃんよ、そういうけど、所詮、土建屋のボスだろ。あれだけの荒らくれ男たちをまとめるんだから、親父だって、本当は気性が激しくて喧嘩も強かったんじゃないのか」

ジョンツがまぜっ返すと、慶蘭は大きく首を横に振った。

「腕っぷしじゃなくて、人望でまとめた親方なの、うちのお父さんは。だいたい叔父さんを見ればわかるでしょ。蒋家というのは、先祖に韓国でも有名な偉い学者さんを出している家系なんです。親類縁者、一族郎党から、ただの一人もカンペ（ヤクザ）なんか出てないし、少年院に行ったなんていうのも、聞いたことがないわね」

母の強烈な皮肉に、ジョンツは首をすくめた。

その「祖先の有名な学者」というのは、中世（一三八三年〜一四五〇年）の李氏朝鮮伝説の科学者といわれる蔣英實《チャンヨンシル》のこととされる。緯度計測器である簡儀、さまざまな日時計、水時計等を制作し、いまも韓国の一万ウォン札の肖像として使われている大変な偉人であった。

この伝説の科学者が、ジョンツの遠い昔（およそ六百年前）の先祖として、族譜《チョッポ》という何代にもわたる家系図（蔣英實は七世）に残されているというから、ジョンツそもそれを教えられたときには、

「嘘だろう！　じゃあ、何でオレみたいな勉強大嫌いというヤツが生まれるんだ」

と声をあげたものだ。

「やっぱり大口に来たのがいけなかったのね……」

母の想いは、結局そこに行きつくのだった。

2

では、母はなぜ横浜の大口駅前のその地を選んだのか。

元染物工場だったというその土地三百坪がたまたま売りに出ていたからで、母にすれば、浦川を離れられればどこでもいいという心境になっていた。

夫の聖達が浦川で築いて大きくした土建業の大本組は、戦後、地元ライバル社の抬頭もあって、次第に押され撤退を余儀なくされていた。

それに代わって始めた事業が、「天竜シトロン」というサイダーの製造・卸業で、これが当たって会社は再起をとげた。

だが、長男の光佑が十七歳の若さで転落死するという事故が起きたのは、そんな矢先のことだった。

悲嘆に沈んでいた母がようやく立ち直ったとき、

「浦川はもう出たい。どこかよその土地で心機一転、巻き直しを図りたい」

と決断。土地を探し始めていたところ、見つかったのが、横浜の大口駅前の染物工場跡であったのだ。そこは近くを鶴見川も流れていて、飲料水の事業を続けるのには適した土地でもあった。

かくて大本一家は横浜に移住したのだったが、母のたった一つの誤算は、息子にとって最悪の環境であったということだろう。

引っ越してきた当初のジョンツたちの暮らし向きも、決していいとは言えなかった。穴だらけの染物工場跡にゴザを敷き、まわりを葭簀《よしず》で囲っただけであったからだ。

昭和三十一年四月、ジョンツは自宅から歩いて十分ほどの距離にある横浜市立子安小学校に入学。その腕白ぶりは入学早々から存分に発揮される。

授業の開始となっても、教室中の机の上を跳んで駆けまわるような男児、それがジョンツであった。

小学二年生のときには、ジョンツのあまりのワルさに手を焼いた担任教師が、大本家を訪ねてきた。担任は母に対し、

「お母さん、ジョンツ君、悪戯《おいた》の度が過ぎて、私が言っても聞いてくれません。ちょっと殴っていいですか」

とお伺いをたてたところ、母は喜色満面、

「先生、よくぞ言ってくれた！　まだ先生のような教師がいるなんて頼もしいわ。どうぞ、遠慮なくバシバシやってください」

と応えたものだ。

ある日、ジョンツが仲間二人と学校をズル休みし、彼らと一緒に丘の上から、級友たちが下校

するのを見て、

「じゃあ、オレたちもそろそろ帰るか」

となって、何食わぬ顔で帰宅、

「ただいま」

と言ったら、

「お帰り」

と待っていたのは担任教師であった。隣りでバットを手にした母が鬼の形相で、

「ジョンツ」

と怒鳴ったから、ジョンツは震えあがった。

これには反対に、担任のほうが、

「――お母さん、怒らないでください！」

必死で止め役にまわらなければならなかったほどだ。

喧嘩や酒、煙草、勉強をやらないことにはさしてうるさくなかった母も、卑劣な振るまいや弱い者いじめは許さず、まして万引きなどは論外。その真似ごとをしたなどと聞いただけでも、母の折檻は生半可なものではなかった。

ジョンツにとって、人生の大きな転機となる出来事――事件が起きたのは、子安小学校三年生

のときだった。

子ども同士のささいな喧嘩を〝事件〟と言うのは少し大袈裟ではないのか——と言う人がいたら、それは差別の何たるかを何も知らない幸せな御仁というしかないだろう。

ジョンツにすれば、それはまさに人生の最初に起きた決定的な「事件」といってよく、終生、胸に刻印される出来事となったのである。

その日、学校で、級友のワルガキ二人とじゃれあいのような喧嘩をしている最中のことだった。揉みあっているうちに、一人が
「おい、大本、にんにく臭いぞ。おまえ、朝鮮人なんだってな」

と言いだしたのだ。

「——何だって？……」

ジョンツは何のことかわからず、次の言葉が出てこなかった。いままでそんなこと言われたことは一度もなかったからだ。

ポカンとして押し黙ってしまったジョンツに、もう一人のほうも、鬼の首でもとったように、

「やーい、朝鮮人！」

と勝ち誇ったように言った。そこには上から見下ろすような蔑むような嫌な響きがあった。

相手の言葉の意味を解しかねて、黙ったままのジョンツに、二人組は普段勝てないものだから、

なお図に乗った。どこで覚えてきたものなのか、歌まで歌って囃し立てた。

「〽チョーセン人はかーわいそ
なーぜーかーというと
じーしーん（地震）のたーめーに
おーうーちーがぺっしゃんこ」

これにはジョンツもぶち切れた。

「てめえら！　よくも……」

怒りは沸騰点に達し、憤怒のあまり、頭の中が真っ白になって、躰中の血管が膨れあがった。

「バカヤロー！」

ジョンツが二人組に突進していく。ムチャクチャに腕を振りまわし、蹴りを入れる。

気がついたときには、教室の廊下で二人をボコボコに伸ばしたあとだった。ジョンツの足元にひれ伏した二人組は、泣いてジョンツに許しを乞うていた。

その日の夕方、学校から帰宅したジョンツは、母に、

「母ちゃん、オレは朝鮮人なのか？」

と訊ねた。

母は一瞬驚いたように息子の顔を見たが、

「そうだよ」

「いままで教えてくれなかったね」

「知ってるもんだとばかり思ってたからね」

「ふ〜ん」

言われてみれば、母が日常的に使う言葉は日本語だったが、一緒に住む母方の祖父母との会話は日本語ではなかった。祖父母はまだ幼なかった一人娘の母を連れて日本に渡ってきていたのだ。ジョンツにもそれはどこかで薄々わかっていたことかも知れないが、面と向かって「朝鮮人」と言われたのは初めてだった。それだけに、まだ九歳のこども心にもショックは大きかった。母からもはっきり確認できたことで、ジョンツは、

〈やはりそうだったのか〉

と思うと同時に、改めて目ざめたものがあった。

〈オレは朝鮮人だ！〉

という民族意識だった。朝鮮人といって、あらぬ差別をされるいわれはみじんもないはずで、民族の血を誇りにこそ思え、何ら卑下することでもなく、まして隠したり、否定するなど、ジョンツにはとんでもない話であった。

だが、日本社会の実態は、あの級友のワルガキ二人にも見られたように、朝鮮民族に対する戦

前からの偏見、差別意識はまだ根強く残っていた。

〈よし、それならオレは生涯そういうものと闘っていこう！　在日朝鮮人として堂々と胸を張って生きていこう！〉

と決心したのだった。

ジョンツはさらに母に訊ねた。

「母ちゃん、日本には……　ここいらには、朝鮮学校ってないのかい？」

「あるよ、横浜に」

「――本当か。なら、オレ、そっちへ行きたいよ」

「……」

3

ジョンツの望みは叶えられた。最後は、母が、

「いいよ。おまえがそうしたいなら、そうしな」

と言ってくれたのだった。

ジョンツが転校した横浜朝鮮初級学校は、横浜市神奈川区沢渡の高台にあり、国鉄横浜線西口から歩いて十五分の距離にあった。

小学四年生からの編入で、同校への転校はジョンツに新たな世界へ目を見開かせてくれたのだ。

だが、この小学生時代、ジョンツはさほど喧嘩沙汰は起こさず、さすがに優等生とはいかなったにせよ、問題も起こさなかった。すでに酒や煙草は覚えていたのだが、学校では比較的真面目だったと言える。

そんなジョンツがグンと悪くなったのは、同じ敷地内にある神奈川区朝鮮中高級学校の中級部へ進学してからのことである。喧嘩の大好きな級友のヨンドや平沼を始め、学校や遊び場でいろんな不良仲間もできて、ジョンツは喧嘩に明け暮れるようになるのだ。

自宅の大口駅前近辺や根城にしていた反町公園では、喧嘩大将・ジョンツの名は知られるようになっていた。

ついには横浜で売り出し中のヤクザ者を半死半生の目に遭わせた〝反町ロマン座事件〟、その後も関西のチンピラ二人組との乱闘――とたて続けに傷害事件を引き起こして、赤城少年院入りを余儀なくされたのだった。

それがつい一昨年の暮れ、クリスマスイブのことなのだった。一年四ヵ月ぶりにシャバに復帰。

横浜の自宅に戻ったジョンツが、母にいの一番に誓ったのは、

「もう喧嘩はやらない。母ちゃん、オレ、真面目にやるよ」

ということだった。が、母は苦笑して、

「ジョンツ、その科白《セリフ》、確か、前にも聞いたよ。あれは反町ロマン座事件のとき、鑑別所から帰ってきたときだったね」

「……」

「今度は大丈夫なんだろうね」

「――母ちゃん、信じてくれ。誓うよ。オレ、勉強は嫌いだけど、ちゃんと学校に戻って、真面目にやり直すから」

「ふ〜ん……」

だが母の慶蘭、今度はジョンツにではなく、朝鮮学校側に裏切られることになる。

さっそく息子を復学させるべく、慶蘭はジョンツ、並びに義弟の勝利とともに神奈川朝鮮中高級学校に赴いたところ、校長、教頭を始め職員一同が三人を鄭重に迎えたうえで、

「申しわけありませんが、ジョンツ君は御父兄たちの反対意見も多く、私どもで受け入れることはできかねます。どうか、当校の立場を考慮いただいて御理解願いたいのです」

と申し述べた。要するに「退学」を宣告されたのだった。これをもって、ジョンツは後々まで、

「オレが横浜の朝鮮学校退学第一号」

と自嘲することになる。

教師たちの話では、ジョンツが少年院へ行っている間、面白くないからと、彼と親しくしていた不良仲間が軒並み学校を辞めてしまったのだという。お陰で学校は平和で健全な状態を保たれてきた。

そこにジョンツが再び戻るとなれば、またぞろそのワル連中も戻ってきて、秩序が乱れ、荒れた学校になってしまうだろう。そこのところをわかってくれないか――というのだった。

母に対し、真面目に出直すとは言ったものの、もともと学校へなど行きたくないジョンツ、これには思わず内心で、

〈やったあ！〉

と快哉《かいさい》を叫んだ。が、学校側の不実な姿勢に対し、今度は慶蘭がキレた。教師たちに向かって、

「その言い草は何ですか⁈　こんな不良は置いとけないと言うことだね。何てことを言うんだ！あんたたちの学校のために、どれだけこっちが尽くしたと思ってんの！」

ジョンツと叔父が止め役に入らなければならないほど、母は息子のお株を奪って開き直って抗議し、吼えたのだ。

学校側に聞きいれられず、一行は早々に引きあげて家に帰ってきたものの、母の怒りはなかな

か収まらなかった。

「なんとしても息子を高校ぐらい出してやらないことには……」

との一念で、母は、かえって意地になった。そうなると、いくら学校嫌いのジョンツも従わざるを得なくなった。

翌日から、ジョンツでも入学可能な高校を探して、母の奔走が開始され、四月の入学を前にした直前、コネを使って裏口入学の口を見つけてきた。

東京・大田区の日体大荏原高校で、そのために捻出した金額は三百万円であった。

4

荏原高校への入学も決まって、桜の花も満開、ジョンツが自宅でぼんやりしていると、近所の悪友、大串和清が、

「ジョンツ、西口に行くからちょっとつきあえよ」

と誘いに来た。通称〝西口〟――横浜線西口に遊びに行こうというのだ。

「よし、お前の出所祝い、やろうか」

「おお、いいよ」

大串はジョンツより二、三歳上の遊び仲間、なおかつ偶然にも同じ赤城少年院ＯＢという間柄だった。少年院も大串のほうが先に入って先に出た先輩であった。

ジョンツが在院中、そのことを知ったのは、たまたま大串和清という名前入りの枕カバーを見つけたからで、

「和ちゃんの名前を見つけたときは、ビックリしたし、懐かしかったな」

「オレもジョンツが赤城に行ったと聞いたときには、因縁を感じたよ」

その夜、二人が出向いたのは、横浜線西口五番街の「東洋」というカクテルバーだった。

大串先輩の彼女がアルバイトしている店で、ジョンツも二、三度行ったことがあった。

カウンターで隣りあわせた女の子を、その先輩の彼女から、

「アイ子ちゃんというのよ。よろしくね」

と紹介されたジョンツ、御機嫌だった。

〈おおっ、可愛い娘だ！　バッチリオレ好み！　今夜はなんてついてるんだ！〉

と胸の内で歓喜の声をあげた。

聞くと、歳はジョンツより一つ下だが、ずっと大人びており、とても高校生には見えなかった。

不良が好きというから、擦れっ枯らしには違いなく、おマセで、反町公園に集まってくる女の子によくいるタイプだった。

そんなアイ子に、ジョンツは一発でイカれてしまった。なんとか物にしようと、あれこれ話しかけようとした矢先、アイ子が先にジョンツに、

「――ねぇ、坊や、あそこにいるでかいの、あいつ、さっきから坊やに眼《ガン》づけしてるよ」

と囁《ささや》いた。アイ子に「坊や」と言われても、不思議にジョンツは腹が立たなかった。

アイ子の促す奥のテーブル席のほうを見ると、確かに図体が大きくて、見るからにガラの悪い男がジョンツを睨んでいた。

「何だ、アイツは？　えらい眉毛の太い男だな」

ジョンツが目にした通りの印象を口にした。歳も自分たちとさほど変わらないように思えた。

「ふん、あんなもん……」

ジョンツはすぐに視線を外し、再びカクテルを手にした。いまはあんな手合いを相手にしたくなかった。

なにしろ、それどころではなく、ジョンツの頭の中は、隣りのアイ子ちゃんのことで一杯なのだった。

ところが、そのアイ子ちゃん、

「ねえ、あの眉毛、まだ、こっち眼《ガン》づけてるよ。坊や、やってきなよ」

と、けしかけるようなことまで言うのだ。

ジョンツとて言われるまでもなく、相手が誰であろうと、恐れるものなど何もなかったが、気になってならなかったのは、ただただアイ子のことだった。

なんとしてもここは好きなタイプのアイ子ちゃんをゲットしたい、このチャンスを逃したくない——との思いだけが、ジョンツの胸を支配したのだ。

「しょうがねえな」ジョンツは渋々決めた。

「じゃあ、やってくるか。アイ子ちゃん、ここで待っててくれるかな」

「うん、いいよ」

「ホントか！　アイ子ちゃん　ホントに待っててくれよ」

「うん、待ってる」

「じゃあ、すぐに済ましてくるから。おい、和ちゃん、おまえ、アイ子ちゃんのこと頼んだぜ。ちゃんと見ててくれよ」

連れの大串にもくどいほど念を入れて、ジョンツは太眉毛の大男のもとへと赴いた。

「おい、てめえ！　無粋なヤローだな！」

ジョンツの開口一番の科白に、相手は、

「──何をっ！　こ、このヤロー、表へ出ろ！」

目を剥いて立ちあがった。

この大男、名を佐藤ジョーと言い、ジョンツより一歳年下であったが、すでにヤクザ社会に身を役じていて、横浜駅西口ではいっぱしの兄イとして、知られた顔になっていた。

後にジョンツとは何かと因縁が絡んでくる相手だった。

佐藤ジョーのあとをジョンツがついていくと、店にいた女の子たちがほうぼうから、

「ジョー、その子はなあに？　ダメよ、あんまり苛めちゃ」

などと声をかけてくる。なるほど、ジョーはなかなかの有名人だった。

カクテルバー「東洋」はビル三階にあったから、二人がエレベーターに乗って一階に降りると、地元の滝沢一家の若手たちが屯しており、ジョーに気づいて何やら親しげに話しかけてくる。

ジョーもまた、それに応じているから、ジョンツは気が気でなく、

「おい！　このヤロー！　早くしろよ！」

と怒鳴りつけた。

びっくりしたのは滝沢一家の面々で、

「何だ、こいつは？」

とジョンツに訝《いぶか》しげな目を向けた。

ジョーはあくまでも気どって、

「いやいや、こいつ、行儀悪くてね。オレのこと知らないヤツだから」

と大物ぶって、余裕綽々のところを見せている。

彼らから少し離れたところで、ジョーは、

「何だ、おまえ、滝沢一家の連中も知らないのか？　西口、初めてか？」

と訊いてくる。

「そんなの関係ないよ。それよりおまえ、喧嘩売ってんだろ。やるなら早くやろうぜ」

ジョンツがビビった様子をみじんもみせずに言うものだから、ジョーも何だか勝手が違うという顔になっている。

さらに道を先に進んだところで、

「じゃあ、おまえ、メンチは知ってるか？　チャソンはどうだ？　ペトシは？」

と訊くから、ジョンツは内心で笑えてきた。ガキのころから知りすぎている仲間の名ばかりだった。

が、そんなことはおくびにも出さず、

「知らねえな。何だ、メンチカツとかペプシコーラってのは？」

と、とぼけた。本当はペトシがペプシコーラばかり飲んでいるヤツだから、その愛称で呼ばれるようになったということまで知っていたのだ。

すると、ジョーは、

「てめえ、やっぱりモグリじゃねえか、このヤロー！」

と威丈高になるのだが、ジョンツはまるで動じない。

「もういい。おい、能書きはいいから、さっさと始めようぜ」

バッティングセンターのあるあたりで足を止め言い放ったジョンツに、

「おお、いいぜ」

とジョーも応じたが、明らかに動揺しているのが見てとれた。喧嘩慣れした容易ならぬ相手と気づいたのだ。

その時点で勝負は決まったも同然であった。

喧嘩は腕力や技巧以上に、気合いや度胸、場慣れが大きく物をいう世界だった。

ジョーと対峙するなり、ジョンツは鋭く一歩前に踏み込んで、渾身の右ストレートを一発、顔面にぶちこんだ。続けて息を継ぐ間もなく、相手の金的を思いきり蹴りあげる。

どっちも見事にヒットして、ジョーは「ううっ」とうめいてよろめいたが、さすがに倒れることなくふん張った。

なお手を緩めず、次の攻撃に移ろうと身構えるジョンツを
「――ま、待ってくれ」

と手で制したジョー、「参った」とも言い、

「いやあ、あんた、強いなあ」

素直に負けを認め、相手を称えるのだから潔《いさぎよ》かった。ズボンの埃を払いながらジョーは、いっそ清々しい顔になって、

「自分は青森出身の佐藤ジョーと申します。今日から兄貴と呼ばせてもらいますよ」

「兄貴はいいよ。仲良くやりゃいいじゃないか。オレは大本鍾特、ジョンツと呼んでくれりゃいいよ」

「じゃあ、お近づきの印に」

ジョーが案内したのは、すぐ近く、五番街の「田園」という喫茶店だった。

店に入るなり、ジョーは、

「おーい、うちの兄貴にビール持ってこい！」

と馴染みのボーイに命じている。

「はい」ボーイは気を利かしたつもりで、ビールをケースごと持ってきた。

「バカヤロ、オレは、アル中か!?」

「いいよ、ジョー、飲もうぜ」

「済まねぇ、兄貴、ガサツなヤローで……」

見かけと違って、ジョーは気のいい男だった。後に関東大手ヤクザ組織の大幹部となる男である。

5

今度こそ真面目にやる……と、ジョンツは母に誓いを立てて高校に入学したものの、売られる喧嘩に対しては如何ともしがたかった。

それは通称バラ高こと日体大荏原高校に入学して早々、下校途上に起きたことだった。

その日、高校終了後、ジョンツがいつもの帰宅コース――バラ高のある目蒲線矢口渡《やぐちのわたし》駅から電車に乗って蒲田駅を経由し、横浜方面行きの京浜東北線に乗り換えて東神奈川駅に着いたときのことだ。ジョンツの降りる横浜線大口駅までは、そこから一つ目だった。

電車は二十五分間隔で走るので、ジョンツが駅のホームで所在なげに待っていると、目の前を行ったり来たりするヤツがいるのに気づいた。ジョンツの顔をジィーッと見たりしている。

同じ大口から通うバラ高の二年生であった。学年こそ一年先輩だが、少年院に行って一年ダブっているジョンツとは歳が同じだった。

ジョンツも堪らず、

「何なんだよ、おまえ、鬱陶《うっとう》しいから向こうへ行けよ」

と追い払った。

相手も一瞬ムッとした顔になったが、それでも、「——ん?」とジョンツが何者か知れない様子で、そのままジョンツから離れていく。

やがて電車が来て、発車間際になったとき、そいつの仲間らしき連中が五、六人、ダダッとホームに駆けこんできた。

その男と仲間たちはジョンツのほうを向いて、何やら囁き確認しあっているようだった。

そのうちに発車のベルが鳴って、一同が電車に乗りこむのを見て、ジョンツは、

〈あーあ、あいつら、喧嘩売って来なきゃいいんだが……〉

離れた車両に乗りながら、嫌な予感がした。

電車が大口駅に到着し、ジョンツは改札口を出たところで、後ろから肩をポンと叩かれた。

「おまえ、ちょっとツラ貸せ」

との決まり文句。案の定、その連中で、なんと全員が大口駅で降りてきた。

「何の用だ!」とジョンツ。

「何ィ! こらっ、おまえ、バラ高の一年坊だろ」

「それがどうした？」

「オレたちは二年だ。おまえ、挨拶教えてやんから、ちょっと来い！」

確かに学生服の襟元を見ると、皆ジョンツと同じ荏原高校の徽章を付けていた。

「ここでいい。おまえら、喧嘩売ってんだろ。まず、おまえから来い！」

言うなり、ジョンツはその場で先頭の男をボコボコに叩きのめした。相手が反撃する暇もなかった。

「さあ、おまえら、皆やるんだろ、来いよ！」

ジョンツに言われても、彼らは足が竦《すく》んで一歩も動けなかった。

そのときになって、男たちもようやく気がついた。この一見すると、何でもない学生がいかに喧嘩慣れした、自分たちとはレベルの違う不良であり、到底太刀打ちできる相手ではないことを。

ジョンツは彼らに堂々と宣言した。

「オレの家は線路伝いのこの近く、大本、いや、ジョンツって言やあ、すぐわかる。逃げも隠れもしないから、オレに用があるんだったら、いつでも来い」

荏原高校の二年生たちは、ただ圧倒されて頷くしかなかった。

そんな彼らを尻目に、ジョンツは悠々と立ち去っていった。

翌朝、ジョンツが荏原高校に通学、矢口渡駅に着くと、

「――大本君」

と近づいてくる連中があった。名垣《ながき》、寺西という昨日のメンバーだった。

「昨日はすいませんでした」

ジョンツがどんな男か知ったのだろう、打って変わって低姿勢である。

彼らが離れたあとで、大口から毎日ジョンツと一緒に通学している兼尾という先輩が、

「何だ、おまえ、あんなヤツら知つてんのか」

と聞くので、

「いや、知りません。同じ大口だからって、昨日、話しかけられたんです」

「ふーん、あんなのとつきあっちゃダメだぞ」

兼尾は荏原高三年生で野球部のレギュラー、バラ校では真面目な部類に入る生徒だった。

大口の大本宅の隣家とあって、ジョンツの母がその真面目さを見込んで、朝の通学を息子と同行してくれるよう頼んだのだった。いわば、兼尾は監視役とも言えたから、ジョンツの交友関係を気にかけたのだ。

が、朝鮮学校や反町公園、あるいは少年院で札付きの不良少年ばかり見てきたジョンツにすれば、名垣たちのレベルは可愛いものだった。

そのうちに彼らとも自然に仲良くなっていく。

それにしても、いくら喧嘩をせずに真面目に高校生活を送ろうとしていても、入学早々に喧嘩

を売られる破目となり、ジョンツには先が思いやられた。

なにしろバラ高は男子校でワルいのがいっぱい集まっているし、電車通学の途中でも、乗り換え駅の東神奈川や蒲田では他校の不良学生や愚連隊の姿を目にすることも多く、そいつらといつぶつかってもおかしくなかった。

いい加減に喧嘩はもう打ち止めにしたかった。

「どうしたもんかなあ？」

ある日、ジョンツがそのことを友人の名垣に相談したことがあった。大口駅前の喫茶店にいるときだった。二人して煙草をモクモクと喫っている。

「そりゃジョンツ、喧嘩の代わりに何かに打ちこむのがいいんじゃないか」

「何かって、女かい？」

アイ子ちゃんとのことを思い浮かべながら、ジョンツが応えた。彼女とは、横浜駅西口での佐藤ジョーとの一件以来、つきあっていたのだ。

つい口元が緩んでくるのは、彼女とのセックスを思いだしたからだった。あの若さで恐ろしいほど技巧に長けており、ジョンツを夢中にさせてくれるのだ。

名垣がその心中を見抜いたように、

「いや、女じゃないほうがいいかもな……」

「となると、何かあるかな……」

「部活なんかどうだ？　もちろん部活といっても運動部のほうだけどな」

「ああ、部活か。それもいいな」

ジョンツは、子どものころには町道場へ通って柔道を習っていたし、プロ野球選手になりたいと考えたほど野球に打ち込んだ時期もあった。朝鮮学校時代は一時サッカーに入れこみ、赤城少年院にいたときは剣道を習って、担当の教官から、

「おまえは素質があるぞ」

と言われたこともあった。

「オレはな、ジムにも通ってボクシングをやってたこともあるんだよ。お袋が血相変えて止めるんでね、辞めたんだけど……」

「へえ、何でだい？」

「その言い草がフルってたな。おまえ、これ以上、頭バカになったらどうするんだ！——って。マジなんだよ」

二人は声を立てて笑いあった。

翌日の放課後、ジョンツの姿はバラ高の弓道場にあった。計画を実行に移すべく、運動部でも一番楽しそうな弓道部に入ろうと考えたのだ。

　ジョンツは弓道部の主将を始め、先輩部員たちから大歓迎を受けた。

「そうか、君、うちの部に入りたいのか」

　にこやかに笑みを浮かべる先輩たち。

「はあ、まあ、入れさせてもらおうかなと考えてます。けど、自分は初めてで、弓に触ったこともないんですが、いいですか」

「大丈夫。誰だって最初はみんなそうだよ。よし、決まった。じゃあ、君、うちに入るんだね」

「はい、よろしくお願いします」

「おお、こっちこそな」

　ジョンツは驚いた。

〈こりゃ、いい雰囲気だな。運動部にしては珍しく、先輩後輩とか上下関係もうるさくなさそうだし、これならオレでもやっていけそうだ……〉

　などと思って、喜んで、

「じゃあ、もう今日は何ですから、明日から来ます」

　と告げると、その途端、

「何ィ、明日からだと!?　こらぁ、おまえ、ふざけたこと言ってんじゃねえぞ！」

　との罵声。これにはジョンツも、

「――はぁ？……」

とわが耳を疑い、目が点になった。

あまりの豹変ぶりに呆れるほかなく、

「あれま、さっきと態度がまるで違うんだけど……」

とおどけたふうに言うと、それがまた相手の癪にさわったのだろう。

「てめえ、このヤローー！　一年坊主のくせしやがって！」

と怒りまくった。「君」が「おまえ」になり、さらに「てめえ」に変わった。

ジョンツはすっかりバカバカしくなり、

「なるほどね。そういうことか。こんなとこに誰が入るか。アバよ」

「こら、てめえ！　舐めてんのか！」

ここに至って、ジョンツも怒りが爆発した。

「うるせえ！　人がおとなしくしてりゃ……　よし、待ってろ！」

いったんは弓道部から外に出たジョンツ、道端に大きな石を見つけるや、それを塀の外から弓道場の中へ向けて放りこんだのだ。

「ドカン！」という音とともに、弓道部員たちの「うわぁっ！」という悲鳴や驚きの声があがった。

「オレは一年F組、大本ジョンツだ。文句があるなら、いつでも来い！」

塀の外から捨て科白を残して去って行くジョンツに、誰も声をかける者はなかった。

が、ジョンツにとって、部活の夢が破れた瞬間でもあった。

6

部活なんかに憧れを抱いたオレがバカだったのかも……──

と、ジョンツはしみじみ思い、

〈所詮、オレの所属は喧嘩部、部員はオレ一人、そしてキャプテンもこのオレってところだな……〉

と自嘲の笑みを浮かべたものだ。

そんなジョンツに、喧嘩騒ぎが絶え間なく起こるのも、運命と呼ぶべきものであったのか。ともかく、学内、学外関係なしに、その沙汰は振りかかってきた。

とりわけジョンツの通学コースの乗り換え駅となる蒲田など、いろんな学校のワルが行き交って、いつ誰とそういう状況になってもおかしくなかった。

見るからに生意気そうなジョンツに、

「てめえ、勝負しろ！」

と喧嘩を売ってくる手合いも少なくなかった。

そうした一人に、富島という早実高レスリング部の主将がいて、あるとき、ジョンツはそいつと蒲田駅のホームでやりあう破目になった。

揉みあった末に、先に一発強烈なパンチを食らったのは、早実主将のほうだった。レスリングの筋肉マンも、さすがに体勢を崩して線路に落ちそうになる。

そこへまさかのタイミングで電車が辷《すべ》りこんできたものだから、

「ああ、危ない！」

野次馬たちから悲鳴が上がった。

その危機を救ったのが当の喧嘩相手のジョンツで、

「バカヤロ、てめえ、気をつけろ！」

とパッと相手の手を摑んで、すばやく引っ張りこんだのだ。

危うく難を逃れた富島、安堵のあまり、ホームに屈みこんだ。

それを勝負ありと見たジョンツ、男に背を向け、ホームの階段をゆっくり登っていく。

そのとき、

「おーい、後ろだ！」

誰かの叫び声が聞こえ、ジョンツが振り返ると、助けた相手の筋肉マンが猛ダッシュで殴りかかってきた。

それを間一髪で躱すと、ジョンツは相手を階段から蹴落とした。

下まで落ちた富島は、立ちあがるなり、

「てめえ、覚えてろよ！　このままじゃ済まさんからな！」

お定まりの捨て科白を吐いた。

「おお、上等だ！　いつでも来い！」

ジョンツも応えて、二人は別れた。朝の通学時間のことだった。

互いに名のりあっていたから、昼休み、荏原高校のジョンツのもとに、富島から、

「朝の決着をつけたい。放課後、十六時、目蒲線の蒲田駅前で待っている」

との使いが来た。

「よし、わかったと伝えてくれ」

ジョンツも富島の手下に返事した。

学校を終えると、ジョンツは一人で矢口渡から電車に乗り、蒲田駅で降りた。改札口を通って駅前に出ようとしたところで、ジョンツは仰天する。

今朝の富島が先頭にいて、そのまわりを溢れるような人の石垣ができていたからだ。

〈――うわぁ、何なんだ、こいつら⁉　みんな助っ人かよ！　こんな大勢のヤツらと、オレやるのか⁉〉

ジョンツは呆れた顔で、富島に、

「おい、おまえ、いくらなんでもこりゃないだろ。オレは一人だぜ。何だ、こんないっぱい連れて来やがって……」

と詰《なじ》ると、富島も困惑ぎみにまわりを見まわし、

「オレもこいつら知らんのだ。オレとはまったく関係ない連中だよ」

「じゃあ、何だ、こいつら？……じゃあ、野次馬かよ？」

おおかた大きな喧嘩があると聞きつけ集ってきた、そこらへんの高校生か不良連中だろうと察せられた。

すると、そのとき、富島の隣りにいた角刈りで粋なスーツ姿の若者が、やおら腰を折り
「お控えなすって」

とジョンツに対して仁義を切り出した。

「お初にお目にかかります。私、この富島のダチ公で、東実（東京実業高校）の高尾と申します。このたび、ダチの助っ人に馳せ参じた次第ですが、私、あんさんをひと目見て気に入ってしまい

ました。向後万端《きょうこうばんたん》よろしうお頼み申します」

聞くだに怪しげで半ちくな仁義であったが、要はこれから仲良くやっていこうということであったから、ジョンツもそれに応え、

「おお、よろしくな」で朝からの一件は終いとなったのである。

野次馬たちにすれば、期待はずれの結果に終わったのだった。

この高尾という東実の番長、学校へも着流しで通学するような学生で、ヤクザにかぶれていた。

ついには病膏肓《やまいこうこう》に入《い》り、後に都内の武闘派組織・東声会に入門、男を磨いたという。

7

ジョンツにとって、喧嘩沙汰に巻き込まれる懸念——というより、自ら引き起こしているといったほうが正しいかもわからなかったが、その懸念は学外だけでなく、学内にも遍在していた。

なにせ裏口入学が罷り通るワルの吹き溜まり——バラ高（当時の話である。念のため）である。

ある日の昼休み、中田という二年生で家が近所の友人が、ジョンツの教室にやってきて、

「ジョンツ、ちょっと売店つきあってくれ」

と誘う。

「どうした？」

「例の富士城《ふじしろ》だよ。日大三高から転校してきた三羽鳥の番格」

「おお、そいつがどうした？」

「いま、売店にいるんだよ。富士城って、でかいその野郎が」

日大三高のワル三羽鳥が同高を退学になって、荏原高校に転校してくるというので、バラ高の不良学生の間では、その噂でもちきりになっていたのだ。

「オレはそんなの興味ないよ」

「まあ、そう言うなよ。ちょっとだけ見に行こうよ」

「いいよ、オレは」

「なっ、ジョンツ、ちょっとだけ」

「しょうがねえな」

結局最後はジョンツも折れ、中田につきあうことにしたのだ。

ジョンツが中田と二人、三階建て校舎の一階奥にある売店に行くと、

「おっ、いたいた」

中田がすぐに見つけた。売店に生徒が何人いようと、即座に富士城とわかるほど目立つ存在だった。なにしろ長身で一メートル九〇センチはあろうかと思われた。

富士城は立ったままアイスクリームを食べていた。

中田に彼と教えられたジョンツが、

「ああ、あいつが富士城か。電柱みたいなヤツだな」

感想を漏らすと、運悪くそれが富士城の耳に入ってしまった。

「何ィ⁉　このヤロー！」

富士城は手にしていたアイスクリームをポンとゴミ箱に放り投げると、ジョンツたちにつかつかと近寄ってきた。

「てめえ、いま、何て言った⁉」

「電柱みたいだって言ったんだよ、ヒョロっとしてでかいから」

「ヤロー！　やるのか！」

「上等じゃねえか！　けど、ここじゃまずいな」

「よし、放課後、多摩川行ってやろうじゃねえか」

「わかった。じゃあ、どっちか早く終わったほうが教室に迎えに行くってことで、どうだい？」

「いいだろう」

喧嘩の話となると、決まるのも早かった。

放課後のチャイムが鳴るや、ジョンツは先に富士城の教室に乗り込んでいった。富士城はジョンツと歳が同じでも学年は一つ上の二年生だった。

ジョンツが二年D組教室の後ろのドアを開けると、真っ先に目の前の富士城と目が合った。やはり誰より背が高いから、富士城の席は一番後方なのだった。

富士城はジョンツを見るや、うんざりした顔になった。あれから時間も経っているだけに、怒りも収まって、鬱陶しい感情のほうが勝ってきたようだ。

廊下に出てきた富士城に、ジョンツが言った。

「じゃあ、行こうか、多摩川に」

「まあ、ちょっと待ってくれ」

「どうした、怖気づいたか」

「いや、オレはあんたにブルッちゃいねえけどよ。ここには訳ありの入学でよ。いまはおとなしくしとかなきゃならないんだよ」

「訳ありって、何だい？」

「裏口入学だからよ。親に高い金払わせてるからな」

「おまえんとこ、いくらだ？」

「二百万円だ」

「このヤロー、オレは三百万だぞ」

「……じゃあ、おまえもウラのクチか」

「なんでオレのほうが百万も高いんだ？」

「知るかよ……」

ジョンツは苦笑し、

「そうと聞いたら、なおさら決着つけなきゃならんな」

「わかった、わかった。けど、オレも転校してきたばかりだから、もうちょっと待ってくれよ」

結局、富士城が一歩引き、ジョンツもその顔を立てて勝負は延期とすることにしたのだった。

それからしばらく経って、ジョンツは大口の二年生の友人である名垣から、喧嘩の助っ人を頼まれた。

鶴見の總持寺《そうじじ》の境内で、十対十ぐらいの集団戦をやりあうのだという。バラ高の二年生同士による決闘で、ジョンツはほとんど気が乗らなかったが、友人の頼みとあれば仕方なかった。

「オレは見てるだけにするよ。おまえの側のほうが劣勢になってどうしようもなくなったら、加勢すんから」

「おお、それでいいよ。おまえがうちにつくとつかないとじゃ、士気にも関わることだからな」

だが、当日、總持寺の決闘は、双方入り乱れてガチャガチャやっているうちに、あっという間に終わってしまった。勝負は双方痛み分けの引き分けで、ジョンツの出る幕もなかった。

ジョンツが驚いたのは、向こう側の助っ人に、富士城が来ていたことだった。ただ、富士城のほうも出番がなくて、最後まで手持ち無沙汰にしていた。

總持寺の決闘などと大層に銘打っても、中味は甚だ盛りあがりに欠けたものでしかなかったのだ。

集団戦が終わったあとで、ジョンツが、

「おい、富士城」

と声をかけると、富士城も初めて気がついたようで、

「何だ、来てたのか」

とびっくりした顔になった。

「ちょうどいい。オレたちもここで決着つけようぜ」

ジョンツがさも嬉しそうに言うものだから、富士城はほとほと呆れたように、

「おまえもホントにしつっこいね。おまえみたいなヤツは初めてだよ」

「何だ、逃げるのか」

「なんとでも言え。前にも言ったが、オレは少しもブルッちゃいないよ。だけど、おまえさんのその根性には、正直シャッポを脱ぐよ」。

「……」

ジョンツはぐらかされたような気分になった。またも富士城との勝負はお預けとなったのである。

8

――なぜ、こんなに血が滾《たぎ》るのだろうか？

ジョンツは自分でも不思議に思うことがあった。

人生の転機となったのは、小学三年生のとき、「朝鮮人」と言ってバカにするヤツがいたことで民族意識に目ざめ、朝鮮学校に移ったこと。

ただ、人種が違うというだけで差別する存在があることが、子ども心に驚きであり、衝撃であった。人生における不条理、理不尽というものを知った最初であり、以来、ジョンツは弱い者いじめや権力を笠に着る輩が赦せず、血が滾ってならなかった。

その血の滾りを鎮め、抑えられるのは喧嘩しかなかった。売られた喧嘩を買うのは至極当然の流儀で、ときには売られない喧嘩も買ったし、仲間から助っ人を頼まれれば、どんな不利な状況でも放っておくことはできなかった。

そのころ、世間からはまるで宿命のライバル、いや、天敵同士のように見なされ、顔を合わせればぶつかりあっていたのが、朝鮮高校と国士舘高校のツッパリ同士であった。

両者はたびたびハデな乱闘騒ぎを起こし、それがときには駅構内であったり電車ホームであったりしたから、一時は社会問題化したことさえあった。

朝鮮高校にも不良仲間がいたジョンツは、彼らと国士舘高校生との喧嘩の助っ人に、ときどき駆りだされた。

そんなある日、ひょんなことからジョンツは、双方を代表して国士舘高校の番格と一対一の素手の決闘をやる破目になった。

が、相手もかなり手強く、容易に勝負はつかず、さすがの負け知らずのジョンツも苦戦を強いられた。互いにぼろぼろになるまで戦い抜いた末に、どうにかジョンツが勝ちを収めた。

翌日、学校を終えて大口の自宅に帰ると、玄関の裏にそいつ――国士舘の剛田が立っていたから、ジョンツは目を剥いた。

「このヤロー、なんてしつっこいヤツなんだ！」

「いや、待て。違うんだ」

「何か違うんだ？」

「おまえと友だちになりたいんだよ」

「はあ？……」

「いいだろう」

「……え？　うん、まあ、いいけど……」

予期せぬ申し入れに、ジョンツは照れくさそうに、
と家にあげた。母慶蘭もてっきり息子の友だちと思い、

「じゃあ、入れよ」

「あんた、御飯食べていきなよ」

と声をかけると、剛田は喜んで、

「はい、いただきます」

と応じるものだから、ジョンツも、

「おまえ、図々しいな」

と苦笑するが、さらに慶蘭から勧められるままに、ジョンツよりも先に風呂に入り、

「もう遅いから泊まっていきな」

との誘いにも、「はい」と嬉しそうに応え、実行に移した。

すっかり居心地よくなったのか、翌日も剛田は国士舘高校にこそ登校したものの、自宅には帰らず、ジョンツの家にまっすぐ帰ってくる始末だった。

つい一、二日前には血まみれの殴りあいをした者同士が、すっかり仲良くなってしまったのである。

不良硬派少年同士、そうしたケースはよくあることで、喧嘩しても男らしくさっぱりしたもので、激しくやりあえばやりあうほど、気持ちも通じあえたのだった。

籾山《もみやま》というジョンツの同級生も、そんなふうにしてバラ高に入ってからできた友人であった。

籾山は山手線の恵比寿駅から通学してくる男だった。ジョンツも時折恵比寿に遊びに行くようになった。

ある日、籾山とつるんで遊びに行った先の恵比寿のビリヤード場で、ジョンツは一つ歳上の女の子と知りあった。小枝子といい、ミニスカートの似合う、ジョンツの好きなタイプだった。

まだ、この時分、例のおませのアイ子ちゃんとも交際中であったが、小枝子を見た瞬間、ジョンツから彼女はどこかに飛んでしまっていた。

「どっから来たの？」

ナンパの定型から入っていく。

「横浜の戸塚よ」

「へえ、奇遇だな。オレも横浜だよ」

「え、そうなの。じゃあ、横浜だったら、反町公園のジョンツって知ってる？」

「……」

ジョンツは内心で驚きの声をあげた。

〈――何だって⁉　いきなりそこに来るか！〉

言葉を呑んだジョンツに、小枝子は、

「どうかしたの？」

「いや、反町公園のジョンツって、女の子にもそんなに有名なのかい？」

「あそこらへんで遊んでる子なら、みんな知ってるんじゃない」

「君はジョンツの名前は知ってても、顔は知らないんだな」

「ええ、そうよ」

「よかったな。今日から顔も知ることになって……」

「――え？」

「そいつはオレのことさ。オレがジョンツだよ」

「えっ、そうなんだ。あんたがあのジョンツ……」

嘘のような話もあったもので、側で二人の遣りとりを聞いていた籾山も、

「そんな偶然てあるのかなあ？　いやいや、そりゃ偶然じゃないぞ。必然てもんだろ」

と知ったようなことを言う。小枝子も、

「そうなのよね。あんたは横浜って言っただけなのに、そこから反町公園のジョンツが出てくるのも唐突過ぎるもんね。でも、自然に私の口を衝いて出てきたの」

と言うのに合わせて、籾山が再び、

「決まったよ。二人はつきあう運命にあったのさ」

と友をサポートする。

だが、そう簡単にはいかなかった。ジョンツが小枝子をゲットするためには、彼女がアルバイトをする山手線駒込駅前の和風バーへ何度か通わなければならなかった。

そして彼女を落とす決め手となったのは、アイ子のときと同様ジョンツの血の滾り——その暴力性にあった。アイ子も小枝子も、ジョンツの喧嘩の強さに魅了され、無口な男の発する暴力という肉体言語の豊饒《ほうじょう》さに参ったのだ。

その日、ジョンツが小夜子の勤める駒込の和風バー「浜木綿《はまゆう》」に通って三度目となった夜、生憎《あいにく》彼女はすでに店を出たあとだった。

残念がるジョンツに、店のママから、先に恵比寿の喫茶店で待っているとの小夜子の伝言があった。恵比寿近くの「ラビアン・ローズ」という店だった。

ジョンツは日本酒を一合だけ呑んで店を出た。国鉄駒込駅に着き、改札口を通ってホームに入ると、ちょうど池袋まわりの電車が入ってきたところだった。

ジョンツは急いで最後尾の車両に乗ろうとした。早いとこ小枝子に会いたくて気が急《せ》いていた。

電車から降りてきた客とジョンツは、バーンとぶつかってしまう。

「てめぇ！　こらっ！　どこ見てやがるんだ！」

相手はシルバーのスーツを着た、絵に描いたようなチンピラだった。それを見たジョンツ、

〈あちゃあ、よりによってこんなときに……〉

わが身の不運を嘆いたが、チンピラの悲しさで相手は威嚇しまくったうえに、ジョンツの胸倉まで摑んでくる。

早く電車に乗って女に会いたい一心のジョンツは、物も言わず、相手を殴りつけた。さらに何度も拳を顔に叩きこみ、頭突きまで一発食らわすと、チンピラはホーム上に長々と伸びてしまった。

あっという間の出来事で、ジョンツはパッと電車に飛び乗った。ホームは大騒ぎとなり、野次馬で溢れ、鉄道公安官が三、四人駆けつけてくる。

乗務員は凍り付いたようになって、笛を吹くのも忘れ、電車のドアも閉まらなかった。

「早く笛を吹け！　ドアを閉めろ！」

焦りまくるジョンツが怒鳴っても、電車はドアが閉まらず、動こうとしなかった。

間もなく駆けつけてきた鉄道公安官にジョンツは捕まり、池袋警察署に引き渡される破目となった。

〈クソッ！　俺は小枝子に会わなきゃならないんだよ！〉

と大声で叫びたかったが、ままならず、ジョンツはそのまま池袋署の留置場へ留め置かれ、一晩泊まりとなったのだ。

翌朝、父親代わりの叔父勝利が池袋署まで迎えに来て、ジョンツは釈放された。

あとでその話を聞いた小枝子、恵比寿の「ラビアン・ローズ」で待ちぼうけを食らったのもどこへやら、

「私の為にヤクザと喧嘩し、警察に捕まったのね。凄いわ！」

と、どんな甘い言葉より、その行為が胸に響いたようだった。

さらに後日、その恵比寿の因縁の喫茶店で、小枝子が女友だちとともにジョンツ、籾山とダブルデートを愉《たの》しんでいたときのことだ。

「おい籾山」

と、地元のヤクザ——地まわりがやってきて、ジョンツを指さして、

「こいつ、誰だ？」

と、聞くのでカチンと来たジョンツ、

「おまえこそ、誰なんだ？」

言い返したので、地まわりが激怒した。

「何い！　こらっ、小僧！　てめえら、来い！」

仕方なくジョンツと籾山が店に女を残し、地まわりについていくと、外に出て、近くのボーリング場の側まで連れていかれた。

「よし、ここでいい」

さっそくジョンツと地まわりの一騎打ちが始まった。地まわりはなかなかの強豪で、ジョンツも簡単には倒せなかった。

殴り合い、揉みあっているうちに、

〈あっ、こいつ、柔道やってるな〉

と、ジョンツがわかったのは、彼にも柔道の経験があったからで、組んだらヤバいな――とも直感的に覚ったのだ。

垣根にもたれるようにして相手を誘いこみ、充分引きつけると、のるかそるか、ジョンツは勝負に出ることにした。

まず、ノーガードで相手に顔を寄せ、隙だらけを装った。地まわりがすぐに食いついてきて、ジョンツの襟を摑もうとする。その刹那を狙ったのだ。

ジョンツの躰は発条《ばね》のように躍動し、強力な武器と化した頭が相手の顔面に炸裂する。最も得意とする頭突き攻撃だった。

狙いは見事に当たった。ガツッっという手応えとともに、地まわりがううっとうめいてよろめいた。

ジョンツはその機を逃さなかった。頭突き二発、三発、四発……とたて続けにぶちこんだのだ。

地まわりも堪らず泡を噴いて倒れ、そのまま伸びてしまった。

どうにか勝ったが、反対に伸されていてもおかしくなかったな——との思いで、ジョンツが肩で息をしていると、

「——おまわりだぁ！」

という誰かの声が聞こえてきた。

籾山からも
「ジョンツ、逃げるぞ！」

と促されて、「おお」ジョンツも我に返り、二人は一目散にボーリング場の中へと飛び込んだ。

この一件は結局事件にもならず、事なきを得たのだが、これを機にますますジョンツに惚れこんでしまったのが小枝子だった。

9

こんな喧嘩沙汰ばかり起こしていたジョンツの高校生活は、ついに七ヵ月しか保《も》たなかった——と言ったらいいのか、それとも、よくぞ七ヵ月保ったものだと言うべきであったろうか。

ジョンツの高校生活は昭和四十一年十月、七か月を以って終焉を告げるのだ。

ジョンツが日体大荏原高校に入学するとき、母慶蘭から口を酸っぱくして言われたのは、

「いい、ジョンツ、おまえのことだから、喧嘩はしょうがないけど、絶対に先生に逆らったり、手を上げたりしないこと。これだけは約束して。せっかく高校に入ったんだからね。これからの時代、高校くらい出てなきゃ、やっていけないから」

というもので、教師を殴れば即刻退学との厳とした決まりがあっただけに、母としても、息子には何とか高校だけは卒業してもらいたい——と願ったのは、親心というものであったろう。

ジョンツもそれを守って、教師の前ではできるだけ大人しくして多少のことには我慢してきた。

それでなくても、子供のころから、親や教師というのは敬うべき絶対的な存在であり、決して逆らってはならないという教えも叩き込まれてきた。

だが、バラ高の教師を見る限り、いまでいうパワハラやモラハラ（モラルハラスメント）も罷《まか》

り通って、ジョンツにすれば、とてもそんなタマとは思えなかった。

仮にそうであったとしても、他校では受け入れてもらえないような札つきの不良ばかりを相手にする以上、教師の少々の行き過ぎもやむを得ないのではないか——とは、ジョンツも納得するところではあった。

が、いざ自分が直接その被害を蒙ったとき、とても納得ができるものではなく、最後の決断をせざるを得なかったのだ。それにしても、後々考えたら、実にバカバカしい出来事には違いなかった。

それは秋晴れの日、体育の授業でのことだった。ジョンツのクラスは二手に分かれ、グランドで野球の試合を行なっている最中であった。

ジョンツがバッターボックスに立っていると、突如ホームベース上をローラーが引かれ出した。

「——え？」

ジョンツは怪訝《けげん》に思い、ローラーを引いている相手を見ると、三年生のワルそうなヤツだった。

授業終了までまだ時間が残っていたから、ジョンツが、

「自分ら、まだ授業中ですが……」

と、言うと、ローラーの三年生は、知らん顔で手を休めようとしない。

「すみません。オレたち、まだここ使ってるんですが……」

ジョンツが繰り返すと、相手は

「次、オレらが使うからさ」

とシレッと応えて、ホームベース上や三塁線のあたりをローラーで行ったり来たり、止まったりしている。明らかに邪魔しているのだ。

ジョンツが、

「次、使うって、自分ら、まだ授業中なんですよ」

と、穏やかに抗議しても、

「そんなの知らねえよ。オレは自分の仕事してるだけだから」

いっこうに止《や》めようとしない。

「そりゃ、ないんじゃないですか」

珍しくキレずに控えめな抗議を続けるジョンツに、先にキレたのはローラーの男のほうだった。

「おい、おまえ、一年坊だろ！　生意気だな」

「一年坊とか何とかは関係ないでょ。勝手なことをしているのはそっちなんだから」

「何だと、このヤロー！」

言い合いになっているところへ、近寄ってきたのは、その三年の担任だった。

「お前、一年だろ。何だ、三年生に対して、その口の利き方は!?」

ジョンツに対して怒り出し、

「お前一年のどこのクラスだ？」

「一年F組ですが」

「名前は？」

「大本鍾特です」

ちょっとした騒動になって、もはや野球どころではなくなっていた。

すると、その様子を最初からずっと近くで見ていたサイパンという仇名のジョンツの担任が、あわてて駆け寄ってきて、

「こらぁ、大本、おまえが悪い！　ここをすぐ退《ど》くんだ」

と言い出した。あとでわかったことだが、その三年生の担任は学年主任で、サイパンより格上の教師だった。

サイパンはその学年主任の前で、これ見よがしに、

「大本、おまえの態度は何だ！　こっちに来い！」

ジョンツを怒鳴りつけ、グランドの隅のほうに連れていった。

「服を全部脱いで正座しろ！」

とやりだし、ジョンツをパンツ一丁にさせたうえで、地面に正座させるのだ。あまり理不尽な仕打ちに、ジョンツがつい、

「先生、いったいオレのどこが悪いんですか？」

と糺《ただ》すと、「黙れ！」サイパンの平手打ちが飛んだ。

「ようし、体育の授業は終わりだ。みんな教室に戻れ！」

サイパンはグランドの生徒たちに命じ、ジョンツも一応その場から解放された。

一年Ｆ組の教室に全員が戻ってからも、なぜかサイパンの怒りは収まらなかった。

「大本、お前は立ってろ！」

ジョンツはそろそろ我慢の限界に差しかかっていた。

何でオレがこんな理不尽な目に遭わなきゃならねえんだ――という疑問、教師への不信感、何より憤怒が胸いっぱいに渦まき、抑えられなくなったのだ。

〈もう、こんな学校いられねえな……〉

ジョンツがゆっくり腰をあげかけようとした、ちょうどそのとき、

「――先生！」

と声をあげ、挙手した同級生がいた。

彼は立ちあがるや、

「大本は悪くないですよ！　みんな、そう思ってるはずです！」

毅然として言い放ったのだ。

ホーッと感動して、ジョンツがその男気のある生徒を見遣った。大島という真面目な男だった。

これにも腹を立てたサイパンが、

「何ィ！　大島、お前も立っとけ！」

と怒鳴ったとき、ジョンツのなかで何かがガラガラと音を立てて崩れた。

それは、夢と希望の高校生活という幻想が崩れた音であったかもしれない。

ジョンツは胸の内で、母に捧げる詫びの川柳をひねった。

〈母ちゃんよ　ドブ捨て御免　三百万〉

いよいよ笑えてきて、口角がつい上がってしまったらしい。

「おい、大本、おまえ、何がおかしいんだ？　立てと言ったら立たんか！」

サイパンが血相を変えて壇上から後方席に詰め寄ってきた。すぐ目の前まで来たとき、ジョンツは立ち上がり、

「やかましい！　こらっ、先公！　おまえ、いい加減にしとけよ！　オレの我慢もここまでだ！」

それまでの柔順な生徒の仮面をかなぐり捨てて、教師を怒鳴りつけた。

「――き、貴様、な、何を……」

開き直ったジョンツに、サイパンが唖然となって立ちすくんだ。

「おまえのような先公がいると思うと、笑えてくるんだよ。まるで、魚の平目《ヒラメ》じゃないか」

「――何だ、そりゃ？」

「上ばかり見てるヤツのことだよ」

教室内からクスッと失笑が漏れた。

「てめえのようなゲス野郎は許せねえな」

今度はジョンツが一歩詰め寄った。

「貴様、退学になっていいのか」

「上等じゃないか。オレはもう決めたんだよ」

「な、何をだ？」

「たったいまから、この学校を辞めてやるってな」

「……教師を殴るというのか？」

サイパンの顔は真っ青になっている。

「殴んねえよ。おまえなんか殴ったって、拳が汚れるだけだからな」

「……」

「その代わり、さっきの一件。オレとみんなに謝ってもらおうか」

「バカなこと言うな」

「何がバカだ！　それができないというなら、オレはここでおまえととことん勝負するぜ。これだけは死んでも引き下がらねえ！」

「……」

「どうなんだ！」

明らかに担任は、肝の据わったジョンツの気迫に呑まれていた。

「……わかったよ」

平目教師は諦めたように壇上に戻ると、ジョンツとクラスの生徒一同に向け、

「さっきの件は、確かに悪かった。謝罪する」

と頭を下げた。

それを見届けたジョンツ。

「じゃあな、先公。これでもう会うこともねえだろう」

手を挙げて担任に別れを告げた。それから、一人、立ったままの大島と他の同級生たちに対しても、

「大島、ありがとな。嬉しかったぜ。忘れないよ。みんなにも世話になったな。あばよ！」

別れの挨拶をして、ジョンツは教室をあとにした。

期せずして、クラス内から拍手と歓声が湧きあがった。

かくしてジョンツは、七か月の高校生活に自らピリオドを打ったのだった。

昭和四十一年十月のことで、このとき、ジョンツはまだ十七歳。いったいこれからどこへ行こうとしているのか、何をやりたいのか、何者になろうとしているのか――自分でもさっぱり分からなかった。

第三章　オレに代紋《カンバン》は要らない　——　たった一人の戦い

1

ジョンツの中途半端な高校生活の終焉《しゅうえん》と軌を一にするように、恋人である小夜子との関係もいつの間にか終わっていた。

端《はな》から学生のときだけの遊び相手とはわかっていても、一時は会いたい一心で山手線駒込駅でヤクザ者と大立ちまわりを演じるほど夢中になった相手だけに、別れたあと、ジョンツには一抹の寂しさもあった。

小枝子よりもつきあいが長くなったのは、少年院を出て間もなくして出会ったアイ子だった。ジョンツより一つ下の彼女は、不良が大好き、喧嘩が大好き、おまけにセックスが大好きで甚だ床上手なテクニシャンという大層おませな女の子で、ジョンツにすれば、これほど一緒にいて飽きない相手もいなかった。

彼女の喧嘩好きは、最初の出会いのときからはっきりしていた。なにしろ、そのとき、ジョンツは同じバーでジョーと遭遇、盛んに眼《ガン》を飛ばしてくるのに、一緒にいたアイ子は怯むどころか、

「やっちゃいなよ」

とジョンツをけしかけてくるのだ。

思えば、それによってジョンツがどう出るか、寝るに値する男かどうか、彼女なりの試験でもあったのだろう。

ジョンツはその試験に見事合格したとも言えるが、それから後も、アイ子は同じような場面になるたび、大概の女なら「やめて！」と止めるところを、

「やっちゃえ！」

と煽ってきた。不良界の隠語では「空気を入れる」とも「ケツをかく」とも言うのだが、ジョンツにはそれが楽しくてならなかった。

バラ高を中退して二ヵ月半ほど経ったころ、昭和四十一年が終わり、昭和四十二年という新しい年を迎えたその正月二日も、ジョンツに対してアイ子の口から出たのは、同じ科白だった。

同日、関内に集まったのは、ジョンツを始め、アイ子、彼女の友人の花実、コンチ、ヒデという五人のメンバーであった。

桜木町駅から歩いて十分、「関東のお伊勢さん」と言われる宮崎町の伊勢山皇大神宮の初詣を済ませた五人、

「さて、これからどうしようか」

となったとき、

「オレ、ちょっと行きたいところがあるんだけどな。とっちめたいヤローがいてさ」

と言ったのは、ヒデだった。お調子者で、ときどきホラを吹くことでも知られていた。

「どこだい、そいつは？」

ジョンツの一つ下、朝鮮高校番長のコンチが聞いた。

「うん、関内にある地下一階の店で、ゴーラウンジとか言ったかな、ディスコのようなところ。そいつらが溜まってる店なんだ」

「こんな正月でもやってるのかい？　やってたとしても、そいつらがいるとは限らんだろ」

とコンチは疑わしそうだ。

「いや、間違いなくいる。ヤツらの溜まりなんだから」

ヒデが断定すると、アイ子も、

「面白そうじゃん。行こう、行こう」

例によって、皆をその気にさせる。

「じゃあ、そうするか」

ジョンツが結論を出した。正月とあって、ジョンツはこの日、仕立てたばかりの〝ヨーラン〟と呼ばれる裾の長い茶色いスーツを着ていた。

一行が目的の店「ゴーラウンジ」へ行って驚いたのは、予想以上に大勢の人間がいたことで、ヒデの話が珍しく本当だったのも意外であった。

先頭で地下に降りていったジョンツ、薄暗い店内を見まわして、

「おい、頭《あたま》、出せよ！」

と怒鳴った。奥のほうからすぐに立ちあがった男がいて、

「おまえは何だよ？　何てヤローだ⁉」

「オレはジョンツっていうもんだ。おまえは？」

「オレは古賀だ」

「よし、表へ出ろよ」

ジョンツが再び階段を上がっていく。

先に表へ出て待っていたコンチやヒデ、女の子二人は、ジョンツのあとから古賀を先頭に二十人あまりのメンバーがぞろぞろ出てくるのに、唖然とした顔になった。

「おいおい、こんなにいるのかよ！」

ジョンツは表に出るなり、古賀の顔を思いきり殴りつけた。たちまち双方入り乱れての殴り合いが始まり、店の前は大乱闘と化した。

といえ、ジョンツ側はアイ子、花実という女が二人いて端から戦力外、実質的には三人対二十人の喧嘩で、多勢に無勢、圧倒的に不利だった。ジョンツたちに勝ち目がないのは明らかだった。

それでもジョンツは、敵の頭領である古賀を相手に勝負を挑み、果敢な戦いを繰り広げた。が、

敵はかつてないほど喧嘩の強い男だった。

相手から一発ストレートを食らえば、ジョンツも負けじとより強烈なヤツを返す。一進一退の激しい攻防。

すると、強敵に手こずるジョンツの後ろからスルスルと忍び寄る者の姿があった。手にしているのは、コーラのレギュラーサイズの空瓶だった。

ジョンツが気づく間もなく、それはいきなりジョンツの後頭部に叩きこまれた。

ジョンツを衝撃が襲い、目から火花が飛び散った。頭を割られ、血が流れた。

「――て、てめえ!……」

振り返ろうとして、ジョンツはクラッと来て、その場に頽《くず》れた。

いつの間にか現場は収拾のつかないような騒ぎになっていた。

一瞬意識を失って倒れたものの、たいした怪我ではなく、すぐに気づいて起きあがったジョンツは、ひとまずその場を逃れるべく、近くの橋の上へと移動した。そのまま橋の下を流れる浅瀬の川に飛び降り、頭と顔についた血を川の水で洗った。

コンチとヒデはどうなったのか。ジョンツがあたりを窺《うかが》っていると、いままでどこかに潜んでいたのか、アイ子が駆け寄ってきた。

「おっ、アイ子、無事か」

「ジョンツ、道具持って来たよ。これでやっちゃいなよ」

と、そっと差しだしてくれるものがあった。見ると、鞘《さや》入りのドスであったから、ジョンツは目を丸くして、

「おまえ、こんなもの、どこで調達してきたんだ⁉」

唸るよりなかった。

「いいからいいから。これでやっつけちゃいなよ」

事もなげにアイ子が言う。

呆れた面持ちでアイ子を見つめたまま、ジョンツはそのドスをスーツの懐に収《しま》うと、急いで元の場所へと引き返した。

店の前にはコンチとヒデの姿はなく、顔中痣《あざ》だらけにした古賀と、その側近らしき二人が立っているだけだった。

古賀がジョンツに、

「おまえ、どこの若い衆だ？」

と声をかけてきた。

「どこも何もねえよ。オレはヤクザじゃない」

ジョンツが応えても、相手は半信半疑の様子だ。

すると、傍らの少し年長と思しき男が、

「まあ、いい。今度の件は互いに痛み分けってことで、これっきりで終いにしないか」

「ああ、構わねえよ。オレも連れに空気入れられただけのことで、あんたがたには何の意趣遺恨《いしゅいこん》もねえ」

「そうか。それなら手打ちとしよう。店に入ってくれ」

「ああ」

ジョンツが再び店に降りていくと、店にはもう誰も残っていなかった。

ジョンツと古賀、その側近二人を交えた四人が、揃ってテーブルに着いた。

「じゃあ、まずは握手しようか」

先はどの年長が申し出、ジョンツも立ちあがった。握手の手を伸ばそうとして前屈みになったとき、ジョンツの懐からポトッと音を立てて、テーブルの上に何かが落ちた。

アイ子から受けとっだドスであった。

それを見た古賀たちの顔色が変わった。

彼らは後ずさったかと思いきや、あっという間にいなくなっていた。

2

高校を中退してからというもの、ジョンツはどこにも属さず、何者も束縛されず、自由を満喫し、わが世の春を謳歌していた。

世に何ひとつ恐いものとてなかったが、ただ一人、頭が上がらなかったのは母の慶蘭で、ジョンツがバラ高を辞めたときも、

「ジョンツ！　おまえは何てことをやったの！　高校ぐらいは出て欲しいという母ちゃんの気持ちがわからないのかい！」

と、こっぴどく叱られたものだ。

それでも、最後は、

「まあ、しょうがないね。母ちゃんがとやかく言っても……自分で決めたことだからね。決めた以上、しっかりやんな。これからは自分で自分の道を見つけて、やっていくしかないんだから」

と言う母だった。

ただ、ジョンツには、「自分の道」というのがいまはまだ何もわからず、見つけられなかった。五里霧中の状態であった。

〈学校も勉強も嫌いで、頭も良くない。何の取り柄もない在日のオレ……人より少しばかり喧嘩が強いだけの、札つきの不良少年と呼ばれるこのオレに、できることといったら、いったい何だろう？……〉

ジョンツはしばしば考えた。

この熱い血の滾るままに自由奔放に生きているだけの男に、進むべきオレの道というのは、どこにあるのだろうか？

果たしてそれは、少なからぬ仲間たちが選択し足を踏み入れているヤクザ世界にこそあるものなのだろうか。

ジョンツには決してそうとは思えなかった。まして何であれ組織と名のつくものが大嫌いなジョンツにすれば、仁義とか掟に縛られ、部屋住み制度もあったり何かと窮屈なヤクザ渡世が、自分に向いているとも、つとまるとも、到底考えられなかった。

ジョンツには端からその選択肢はあり得なかった。何よりヤクザになって母を悲しませることが、誰よりも自分自身が耐えられそうにもなかった。

だが、そうは言っても、自分のやっていることを考えれば、誰が見たってヤクザもどき、もしくは予備軍みたいなものといってよかったろう。

要は組に所属していないだけ、代紋を揚げていないだけの愚連隊であった。

後に、そのことを人から指摘されると、ジョンツは苦笑しながらも、こう答えたものだ。

「愚連隊か……確かにそう呼ばれてもしょうがないかな。だけど、オレは徒党を組んだわけじゃないし、決して弱い者いじめはしてこなかったよ。ヤンチャが過ぎたかも知れないけど、人を騙したり裏切るようなこともしてないし、道に外れるようなワルさはしてないからな」

そのころのジョンツが根城にしていたところが、横浜駅西口であった。

ある日、溜りにしていた五番街の喫茶店「王城」にいると、幼な馴染の金天日が浮かぬ顔をしてやってきた。

「おっ、どうした、天坊」

「ジョンツ、保土ヶ谷までちょっとつきあってくんないか」

「おお、いいけど、保土ヶ谷と何があった？」

「さっきまで『田園』であいつら待ってたんだけど、一時間待っても来ないから、こっちから殴り込むことにした。メンバーは七、八人集めてる」

金天日の話によれば、保土ヶ谷グループと揉めた彼らは、交渉の末に、相手が相応の詫び料を出すことで話がついたのだという。

それを横浜駅西口五番街の喫茶店「田園」に持参する予定が、約束の時間を過ぎても、保土ヶ谷一派は誰も姿を見せなかったのだった。

「天坊、そりゃ、舐められたもんだな」

「ああ、舐めやがって。このままにゃしておけねえ。とっちめてやらんと」

「よし、じゃあ、行こう」

横浜駅西口から保土ヶ谷まで車二台に分乗して行くことになり、一台には金天日、コンチ、ペトシ、マー坊、林茂夫の五人、もう一台にはジョンツ、平沼、ヒデ、キン坊の四人が乗って、併せて九人のメバーだった。


二台の車が到着したのは、保土ヶ谷の彼らのアジト——幹部のアパート近くだった。

S字型の坂道の下に車を駐めると、天日たちはすぐさま坂上の敵のアジトに乗りこんで行った。ジョンツと平沼だけは車に残って、待機することになった。


天日がアパート玄関のドアをノックすると、

「誰だい？」と中から警戒する声。

「反町の金天日だ！」

と声を張り上げると、

「おお、いま行く」表に飛び出てきたのは、四、五人ほどの保土ヶ谷グループだった。

「てめえら、約束破りやがって！」

「うるせえ！」

怒鳴る相手に天日が鉄パイプで躍りかかる。工事現場で見つけてきた代物だった。

天日の鉄パイプをまともに頭に食らった男は堪らず、「うわぁっ」とその場に倒れた。頭が割られ、血が噴き出ていた。

ただちに双方十人以上も入り乱れての乱闘が開始された。

その騒ぎは、坂道の下でウィンドーを開けたまま車に待機していたジョンツと平沼のほうにも聞こえてきた。

「ぼちぼち行ってみるか」

二人が腰を上げかけようとしたところ、すぐ近くでドスンと大きな音がした。どうやら坂の上から何かが落ちてきたらしい。

直後、息せき切って坂道を降りてくる者がいて、車のジョンツに、

「何か落ちてこなかった？」

と訊ねた。先輩のマー坊だった。

「ああ、そこの外れ道にいますよ」

ジョンツが車の側に倒れている者を指差した。敵側の人間だった。

彼はジョンツたちに気づくや、あわてて起きあがり、もの凄い勢いで坂道を駆けあがっていく。

どこも怪我していないようなのがかなりの痛手を負っているはずなのに、驚くべき不死身ぶりで

あった。

「あいつ、凄いな。柔道でもやってるのかな。いい受け身だ」

ジョンツが呑気に言っている側から、マー坊がそのあとを走って追いかけていく。

そのうちに、天日たちも引きあげてきて、

「ヤツら、車に乗った。追いかけるぞ！」

それぞれ二台の車に分乗した。ジョンツの車にはヒデとキン坊が乗りこんできた。運転手は平沼だった。

先にペトシの運転をする車がスタート。そのあとをジョンツら四人の乗る車が追いかけた。

ペトシは自分の車を急発進させると、唸りをあげるほどの猛スピードで愛車を駆った。それに遅れをとるまいとして、平沼も必死にアクセルを踏んだ。

いくらも走らないうちに、

「あっ、ヤツら、病院へ向かったんだ」

平沼が保土ヶ谷近くの大きな病院の名を口にした。

「天ちゃんが鉄パイプで頭割っちゃったんだよ、ヤツらの一人を」

現場を目撃しているキン坊が応えた。

ペトシたちはすでに病院前に到着し、車を停めてジョンツたちを待っていた。その隣りには、先に着いた保土ヶ谷グループの車が駐めてあった。彼らは全員が病院の中に入ったあとで、車には誰も残っていなかった。

「連中は病院だ。出てくるのを待とう」

ペトシが言い、天日、林茂夫、コンチ、マー坊も皆車から降りてきた。

「おお、そうしようか」

ジョンツも応えて車を降り、平沼、ヒデ、キン坊もあとに続いて外に出た。

それからどれくらい時間が経ったことだろうか。

再び車の中に入ってうとうとしていたジョンツは、

「ヤツらだ！」

という声に目が醒めた。

車から降りてあたりを見まわしたジョンツは、仰天した。いつのまに集まってきたのか、なんと、まわりは敵だらけなのだ。

病院から出てきた連中ばかりか、どこから現れたのか、新たに出現した者を含めて、その数ざっと三十人余り、こっちに向かって歩いてくるではないか。

「ヒョー、凄《すげ》えな！　どっから降って湧いたんだ!?」

「ジョンツ、感心してる場合じゃねえ。ヤツら、病院から電話して召集かけたに決まってる」

「考えたら、ここはヤツらの本拠地だからな。けど、逃げるわけにはいかねえぞ」

「よし、ジョンツ、これを使えよ」

先輩のスー坊から手渡されたのは、本物のドスだった。ジョンツはそれを握り締めて、みんなと一緒に車から降りた。

駅前の街のど真ん中で、すぐ目と鼻の先には保土ヶ谷交番もあった。折しもそこで不良グループ同士、九対三、四十人の乱闘が始まろうとしていた。

「よおし、行くぞ」

「おおっ！」

期せずして両陣営から鯨浪《げいろう》の声があがった。

たちまち双方入り乱れての大乱闘は開始されたが、いかんせん、相手方の大人数の前に、ジョンツ側が決定的に分が悪いことは一目瞭然であった。

いつの間にか金天日は、大勢の敵方にとり囲まれ、跳び蹴りを食らい、一方的な攻撃を受けている。

「天坊、逃げろ！」

ジョンツがすぐさまそこへ駆けつけると、敵方の片腕の男を捕まえ、その喉元にドスを突きつけ、

「てめえら、動くんじゃやねえ！　その男を放せ！」

と叫んだ。

どこからかペトシも現われ、何やらを手に持って振りまわしながら、敵たちに向け、

「てめえら、これを見ろ！　ぶっ放すぞ！」

と怒鳴った。その手にしている物を見て、皆が仰天し、凍りついたようになった。

なんとペトシが腰だめして構えているのは、紛うかたなき拳銃であったからだ。

「こらあ！　動くなよ！　動いたら撃つぞ！」

「うわあ、チャカだ！」

敵の連中は、それがまさか玩具の拳銃とは知らないから、あわてふためき、怖気ついて一歩も動けない。

むろんジョンツたちも、オモチャと知っていても笑うわけにはいかない。

「ようし、みんな、ここは引きあげるぞ！　早く車に乗れ！」

ジョンツの号令で、一同はすばやく車に乗りこんだ。

保土ヶ谷グループが呆然とするなか、ジョンツたち一党の二台の車は、猛スピードでその場を走り去ったのだった。

3

結局、この保土ヶ谷騒動、大乱闘事件に発展し、双方から数多くの負傷者をだしたばかりか、凶器準備集合罪が適用され、多数の逮捕者を出した。

助っ人として急遽狩り出されたジョンツは、運よく逮捕を免れたが、ジョンツと同じ年で未成年の金天日は同罪で逮捕され、余罪もあったため、久里浜特別少年院に送られる波目となった。

凶器準備集合罪とは、もともと暴力団の抗争などを想定して定められた規定だが、このころ昭和四十三年時分には、全国学園を遼原《りょうげん》の火の如く拡がった大学紛争の影響もあって、ゲバ学生に適用されることのほうが多くなっていた。

時の権力は、丸太や角林などのいわゆる。〝ゲバ棒〟だけでなく、デモ行進に用いられる旗竿やプラカードをも「凶器」と拡大解釈し、ゲバ学生たちを一網打尽にする腹づもりだったのだ。

横浜の不良少年同士の乱闘事件に、その罪名が登場するのは、稀有な例であった。

ジョンツたちは、その耳慣れない罪名に、

「凶器準備集合罪？　そりゃ、何だい？　ペトシのオモチャの拳銃も、それに入るのかい？」

と首を傾げた。

だが、この保土ヶ谷事件は、横浜駅西口における不良少年社会の地図を塗り変えてしまう。同事件で、金天日や林茂夫ら実力者が逮捕されて少年院に送られ、ジョンツも事件以来、「西口」に足を向けることはなくなった。

そんな彼らに代わって、徐々に「西口」を侵食し、のさばりだし、勢力下に収めてしまっていたのが、保土ヶ谷グループだった。

ジョンツが久し振りに「西口」に見参したのは、事件から半年後、たまたま反町の喜多という友人と近くまで出かける機会があり、彼から、

「ジョンツ、悪いけど『ロマンス』にちょっとつきあってよ。用事あるから」

と誘われたからだった。「ロマンス」というのは「西口」の浅間町にあるカクテルバーで、ジョンツもひところはよく顔を出していた。

「誰かと会うのかい？」

「うん、丸田というヤツなんだけど……」

ジョンツの知らない名であり、加えて夜も遅く、ずっと顔を出していない店だっただけに嫌な予感がしないでもなかった。

急な階段を登って二階の店に入ったジョンツは、すぐに自分の予感が適中したことを知った。

入店するなり、奥の団体用の大きなソファーや隣りのテーブル席に、揃いの革ジャンを着て座っ

ている連中の姿が、目に飛び込んで来たのだ。二十人近くはいるだろうか。

見たことのある顔もあって、

〈あっ、あいつら保土ヶ谷グループのヤツらだな〉

ジョンツはピンと来た。

ジョンツと喜多は、カウンター席に腰をおろした。

「ジョンツ、悪い。雰囲気の良くねえとこに連れてきちゃったみたいだな。出ようか」

「いや、オレは構わねえよ。それより、丸田はどうした？」

「うん、いま探してるんだけど……ああ、いたいた」

保土ヶ谷グループの席で、喜多を手招きしているのが、丸田なのだろう。

「じゃあ、ちょっと行ってくる」

喜多が立ちあがって、そこへ向かった。

ジョンツが驚いたのは、その保土ヶ谷グループのテーブルに、仲間のコンチやター坊の姿を見つけたときだった。

彼らはジョンツのほうを見て、気まり悪そうな顔になっている。「あいつら、いつから連中の……」風下に立ったんだ。――という言葉を呑みこんで、ジョンツは唖然とした顔になった。

すると、革ジャンの一人が、肩を揺すって精一杯粋がって、ジョンツのところへやってきた。

睨みつけるようにして、

「おたくがジョンツっていうのか」

「そうだ。何だ？」

「オレは芹沢っていうんだけどよ、ちょっと面貸してくれないか」

二人が赴いた先は、店のトイレだった。

「何の用だ？」とジョンツ。

「てめえ、オレたち、保土ヶ谷グループを知らねえのか！」

「それがどうしたんだ」

少しもビビらないジョンツに、芹沢も当てが外れ、拍子抜けした面持ちだ。

そこへ勢いよくトイレ入り口のドアが開いて、

「何だ何だ!? どうしたんだ」

と顔を出したのは、品浜という保土ヶ谷一派ナンバー2だった。ジョンツも顔と名前だけは知っている相手だった。

「うるせえ！　てめえは向こうへ行ってろ！」

バーンとドアを閉めて追いだした。

ここに至って、芹沢も初めてジョンツが只者ではないことに気づいたようだった。

「おい、芹沢、てめえがオレにそんな口利くのは、十年早いんだよ！」

「………」

「とっとと失せろ！」

さっきまでの勢いもどこへやら、芹沢は言われるままにその場を去った。

ジョンツがトイレを出ると、品浜ともう一人、グループのリーダー格の竹山という国士舘高校の番格が待っていた。

「おい、ジョンツ、オレが竹山だ」

「ふん、聞いたことがあるな」

「……ヤロー！　面貸せ！　表へ出ろ！」

竹山が吼え、ジョンツに先に行くよう促した。

外に出るには、その急な階段を降りなければならず、ジョンツは、

〈ハハーン、階段で後ろからオレを蹴り落とそうって肚だな〉

と読んでいた。

案の定、階段を一歩、二歩降りたところで、後ろから竹山の蹴りが唸って来た。

ジョンツが難なくそれを躱せたのは、端から想定内のことであったからだが、怒り心頭に発したジョンツ、階段上を見あげ、

「汚ねえぞ！　このヤロー、さっさと降りて来い！」

と怒鳴りつけた。

ジョンツが先に店を出て外で待っていると、竹山を始め、皆が続いてゾロゾロ降りてきた。

店から少し離れた路地で、ジョンツは竹山と対峙し、

「てめえ、汚ねえ真似しやがって！　今日はタダじゃおかねえからな！」

とヤル気満々なのに対し、竹山のほうはすでに気圧されていた。この時点で、もはや勝負ついたも同然であった。

ジョンツに何発か殴られると、竹山はすっかり戦意を失い、ほうほうの態でその場を去った。

そのとき、ジョンツの耳に、どこからか騒々しい音が聞こえてきた。どうやらそこかしこで、先ほどのメンバーを中心にして乱闘らしきことが始まっているようだった。

ジョンツが駆けつけると、一緒に来店した喜多がボコボコにされていた。ジョンツ派と見られたせいだった。

コンチやター坊ばかりか、近くにいて駆けつけて来たのだろう。保土ヶ谷グループだけでなく、ジョンツに近い者まで乱闘に加わっているのが見てとれた。

あるいは、そのどちらでもない者まで、いつのまにか参戦しているのだ。

いったいいつどこからやってきたのか、喜多の先輩にあたるヴァンという男など、包丁を手に

していた。

ウァンは何やら言いあいをしていたかと思いきや、相手の腹を包丁で刺してしまった。

「あっ！」刺されたのは、ジョンツも知っている旭川という男だった。

「おい、大丈夫か」

ジョンツが駆け寄り、そのくずおれた躰を支えてやると、旭川が気づいた。

「あ、ジョンツさん……」

その顔はまっ青だった。見ると、刺されたところから腸が少しはみ出ていた。

ジョンツはそれを手で中に押しこんでやり、

「大丈夫だ、これしき、どうってことねえ。旭川、心配いらねえぞ」

と呼びかけた。ジョンツは近くの者に、早急に救急車を手配させたうえで、

「おい、旭川、気をしっかり持てよ。こんなもん、たいした傷じゃねえぞ」

と励まし続けたが、旭川のほうは頭が真っ白、パニック状態に陥っていた。

そんな折、ジョンツの目に、品浜の姿が目に入った。女を連れて立ち去ろうとしている様子だ。

ジョンツは手で押さえつけている旭川の腸の部分を、

「よし、旭川、おまえ、ここ、押さえてろ。もうすぐに救急車来るからな」

と、彼の手に託し、

「おい、品浜！　待てよ！」

と呼び止めた。

品浜がギョッとして振り返った。ジョンツとわかるや、足が竦んだように動かない。

ジョンツは品浜に近づくなり、満腔の怒りをこめてその腹を蹴りあげた。

品浜は「ううっ」と呻《うめ》いて蹲《うずくま》ったまま、抵抗の素振りも見せなかった。

「このヤロー！　さっきの元気はどうした。でかい面しやがって！」

ジョンツが「来い！」と挑発しても、

「……勘弁してくださいよ」

蚊の鳴くような声で言う。

「よし、じゃあ、土下座しろ！」

「それだけは勘弁してくれ。女の前だし……」

品浜にも、男として最低限の矜持《きょうじ》はあるようだった。

「じゃあ、女の前で勝負してみろよ」

「い……いえ、自分らの負けですから」

「だったら、てめえら、いいか、二度と『西口』に来るなよ。わかったか？」

「はい、わかりました」

こうして横浜駅西口乱闘事件は決着がついたのだが、いかんせん、救急車で病院に運ばれた旭川は助からず、死者が出る後味の悪い結果に終わった。刺したウァンは傷害致死罪で、成人であったから懲役八年の刑が言い渡されたのだった。

4

この横浜駅西口乱闘事件、彼女同伴であったのは、保土ヶ谷グループの品浜だけではなかった。実はジョンツもまた、彼女を連れてきていて、喜多から「ロマンス」に誘われるときまで一緒だった。彼女は店に入らず、

「すぐに戻るから、ちょっと待ってて」

と、ジョンツに言われるまま、ずっと表で待っていた。そのため、外で起きた乱闘事件の一部始終を、端なくも目撃することになったのだ。

彼女こそ英子と言い、ジョンツの二級下で、このとき十七歳、二人は二年後に結婚する。ジョンツの最初の妻となる女だった。

この時分はまだ交際して間もない頃で、ジョンツはまさに恋する最中にあった。

それまでのジョンツの女性遍歴と言えば、アイ子と小夜子とつきあった後も「ベッキー」こと圭子という女と同棲した時期もあって、それなりに多彩ではあったが、出会ったときからこれほど魅かれ、夢中になった女は、英子より他になかった。初めて惚れた女といってよかったかもしれない。

かつてジョンツには忘れられない女がいた。その女との邂逅《かいこう》は茨原《バラ》高校を中退して間もない、二年近く前のことだ。

ある日、ジョンツの住むアパートに、女を連れて坂崎という反町公園時代からの喧嘩仲間が訪ねてきて、

「しばらくオレとこの女、アパートに置いてくれないか」

と頼むのだ。

そのころジョンツは、横浜線大口駅前の自宅隣りのアパートの二階三部屋を借りていて、さながら不良仲間の梁山泊のようになっていた。ジョンツはその願いを、

「ああ、いいよ。使えよ」

と気安く引き受け、坂崎と彼女のために自分の部屋を提供し、ジョンツ自身は他の部屋に移った。

その日から、坂崎は女とともにジョンツのアパートで暮らし始めた。ジョンツの部屋と隣りあわせである。

そのことは、たちどころにアパートに出入りする不良仲間にも知れわたるところとなったが、

「へえ、あの坂崎がなあ……で、どんな女なんだい？」

「どうせ、そこらの飲み屋の年増女だろ」

「いやあ、女子大生って話だぞ」

とみな勝手なことを噂しあって、興味津々であった。

というのは、女はめったに部屋を出ることもなく、ほとんど閉じこもり状態、話をした者はおろか、顔を見たことすらないという者が大半だったからだ。

それでも、トイレ、洗面所が共同という古いアパートのこと、彼女と廊下等で遭遇した者の話では、

「たまげたよ。若い女だよ。凄《すげ》えいい女で、目が眩むばかりだった……」

というものだから、神秘性はなお深まった。

ジョンツは、彼女の噂が出るたび、

「バカヤロ、言っててんじゃねえ。坂崎たちのことは放っとけよ」

と咎《とが》めたものの、ジョンツ自身、彼女に対する印象はその男が言うのと変わらなかった。いや、

もっと言えば、彼女への憧憬《どうけい》めいた思いもあって、誰にも触れられたくなかったのだ。

ただ、当初から二人に対しては、理由《わけ》ありなのはわかっても、何か違和感というか、どうにも奇異な感じというのは、ジョンツのなかでどこまでもついてまわった。およそ世の中にこれほど不似合いなカップルがあるのだろうか……と言う不思議さ。

〈まさか、あの坂崎に、これほどの女がくっつくなんて……あり得ないだろ！〉

と思うのだが、それを言ってしまえば、妬《ねた》み、僻《ひが》みにとられ、男を下げるのがオチであったろう。

だが、そういう嫉妬とは違う、明らかな違和感は、ジョンツのなかでなかなか拭いがたかった。

その疑惑は、彼女がアパートの共同の洗面所で髪を洗っているところに、偶然出くわしたことでなお深まった。

ジョンツが奇妙に思い、

「あれっ、こんなとこで洗わなくても、銭湯に行けばいいじゃないですか」

と声をかけると、彼女は恥づかしそうに、

「いえ、いいんです」

髪を洗う手を止めて、ジョンツに微笑んだ。その笑顔といい、仕草や挙措《きょそ》、言葉遣い……どれをとっても清楚で品が良く、ジョンツがいまだお目にかかったことのないタイプの女だった。その艶やかでたわわな長い黒髪、抜けるような色白の肌……

〈なんて素敵な女なんだろう！………〉

自分と同い歳、もしくは一つか二つ上くらいにしか見えなくても、居住まいを正し、つい敬語を使わずにはいられないような気品が彼女にはあった。

ジョンツは胸の内で溜息をつき、心ときめかさずにはおけなかった。強い憧憬、思慕……いや、これが恋というものなのか。

それにつけても、彼女と坂崎の組みあわせなど、本当にあり得るものだろうか——と、ジョンツはかえすがえすも疑問に思わざるを得なかった。

その謎が解けるのは、それから間もなくのことだった。

ジョンツが明け方、アパートに帰ってきて寝に就いたばかりのころ、突如、

「ドン！　ドン！　ドン！」

という大きな音が廊下から鳴り響いてきたのだ。

何だろうと思ったが眠気には勝てず、また寝ようとすると、再び、

「ドン！　ドン！　ドーン！」

と言う音が聞こえ、ジョンツは今回こそ跳ね起きた。

アパートの階段を駆け降りて行く音と知ったジョンツは、とっさに台所へと走って行き、流しの窓を開けて外を見た。国鉄横浜線大口駅のホームが見渡せる窓だった。

　すると、件の彼女がそのホームの上を、黒髪をなびかせながら必死の面持ちで駆けていくのが目に入った。と思いきや、ホームから飛び降り、駅前の交番へと飛びこんで行く。

　彼女のあとを追いかけてきた坂崎も、すぐにホームの上に現れたが、ギョッとして立ち止まった。

　交番に飛びこんだ彼女が、警官にホームの坂崎を指差したからだ。

「あの人です！」

　まだ始発電車も走っていない朝の静寂のなかで、彼女の声はジョンツの耳にまで届いた。

　ジョンツはそれによってすべてを覚《さと》った。

「あのヤロー、彼女を誘拐してきてやがったんだ！　なんてヤローだ！」

　眠気も一遍で醒め、怒りが腹の底からムラムラと湧いてきた。

　その坂崎、彼女の駆け込み先を知るや、あわてて踵を返し、必死に逃走を図ろうとした。これを見た交番の警官二人が追跡、とんだ明け方のドタバタ捕物騒動となったが、最後は程なく坂崎が逮捕され、彼女も無事に保護されて、幕を下ろした。

　神奈川署の刑事が、ジョンツのアパートに、

「おまえら、本当は知ってたんじゃないのか、坂崎があの令嬢を脅して拉致して来てたって」

　事情聴取にやってきたころには、金天日、大串、ペトシ、コンチといった常連メンバーが集まっ

ていた。

「何だ、おまえら、ワルばっかり揃ってるじゃないか」

刑事の第一声だった。

さすがの不良少年たちも、誘拐事件と聞いて、テレビでしか知らないことだけに目を丸くしている。

「誘拐ってのは本当かい？　刑事さん」

だが、ジョンツにすれば、坂崎がやったことは到底許せることではなかった。知らなかったこととはいえ、女の誘拐・監禁に手を貸すような真似をさせられてしまったことが、何より我慢ならなかった。

いみじくも刑事が「令嬢」と漏らしたように、聞けば、彼女は名門女子大学に通う、いいところのお嬢さんだという。そんな世間知らずの無垢なお嬢さんをダマくらかして強引に誘拐してくるなんて、不良少年の風上にも置けない。しかも男の友情を利用しやがって、裏切りじゃないか
——と、ジョンツは腹が立ってならなかった。

それ以上に、あの花のような笑顔を汚した男が、ジョンツには許せなかった。

たった一度か二度、口を利いただけなのに、いつまでも網膜に焼きついて忘れられないその面影。このうえなく可憐で神秘的で果敢《はか》なげな、胸をときめかせずにはおれないひとりの女性。

ジョンツは紛れもなく彼女に恋してしまったのだ。ジョンツのなかで、忘れじの女となったのである。

友人の紹介で初めて英子と会ったとき、ジョンツはアッと声をあげそうになった。英子がどこか彼女の面影を宿していたからだ。

5

死者まで出た横浜駅西口「ロマンス」乱闘事件に、心ならずも立ち会うことになった英子は、事件後初めてジョンツに会ったとき、聞かずにいられなかった。

「ジョンツさん、いつもあんなことやってるの？」

「あ、いや、そうじゃないいんだけど……」

「お願い、もうやめて！　喧嘩はしないで！」

英子は切実な思いをこめてジョンツに訴えた。

「私は暴力は嫌いなんです。あんなことばかりやってたら、行く着く先は決まっちゃうでしょ。

あなたはヤクザになりたいの？」

「いや、オレはヤクザになろうなんていう気はさらさらないよ」

ジョンツはタジタジとなった。いつもなら女にそこまで言わせず、「黙ってろ」で終いなのだが、惚れた弱みで、ジョンツも彼女には弱かった。

「でも、ああいう生き方を続けていたら、この先、どうなるの？　殺されるか、刑務所に入るか、ヤクザになるか……あなたはそれでいいの？」

英子は真剣な顔でジョンツに迫って、涙ぐんでさえいる。恋人の身を心から心配して言っているのだ。

それだけにジョンツも何も言えなかった。

彼女は、不良や喧嘩が大好きだったアイ子や小枝子とはおよそ正反対。生真面目でひたむきな女だった。ジョンツと同じ在日韓国人二世でもあった。

「……オレはただ、人に舐められるのが嫌で、人をバカにしたり、差別したりするヤツが許せなかった。ガキの時分からそうやってツッパッて生きてきたんだ……けど、分かった。喧嘩は絶対にしないから。あんたに誓うよ」

ジョンツは彼女と約束するのだが、残念ながら、その後も誓いは守られた試しはなかった。

後年、このときの彼女との約束を振り返るたびジョンツが思ったのは、なるほどヤクザにこそならなかったが、ヤクザ相手の喧嘩ばかり続けてきたという事実に、しばし呆然とし、よくぞ殺されずに生き延びて来れたものだと、その僥倖《ぎょうこう》を信じられなく思ったものだ。

最初にヤクザ相手に喧嘩したのが十四歳、中学生のときで、反町ロマン座という映画館でのこと。そのとき観ていた映画が『馬鹿まるだし』というのだから、そのものじゃないか——と、ジョンツは何度自虐笑いしたことか。

ジョンツが十四歳のときに刺したヤクザ者——早斗一家幹部の潮亀達次と再会するのは、事件から十年後のことだった。

とある夕べ、大口駅前の実家にいたジョンツのもとに、林という同級生のヤクザが訪ねてきて、

「おーい、ジョンツ、今日は珍しいお客さん、連れてきたぞ」

と言うので、出てみると、

「……ああ、あなたは……」

忘れようにも忘れられない人物が、目の前に立っていた。中学生のとき、ヤスリで刺し、瀕死の重傷を負わせた〝ヤッパの達〟こと潮亀達次だった。

「久し振りだな。小僧、いや、ジョンツって言ったか……」

潮亀は照れ笑いを浮かべ、ジョンツは困ったような顔になった。すかさず、林がフオローする。

「心配いらねえよ、ジョンツ。喧嘩しに来たんじゃねえ。潮亀さんはもう怒っちゃいねえってよ」

林が言うのに、潮亀も頷いているので、ジョンツもとりあえず、

「その節はどうも……」

と挨拶した。潮亀も手を振り、

「うん、まあ、もう昔の話だからな。それより、近ごろ方々で、おまえの噂を聞くもんだから、懐かしくなってな、この林が友だちだっていうんで、連れてきてもらったんだよ」

「そうでしたか……」

「あのときの小僧がなぁ……」

ジョンツと潮亀は感慨深げに互いを見つめあった。もうあれから十年の歳月が経っていた。

潮亀にとってジョンツは、〝ヤッパの達〟と言われ、売り出しの真最中にあったヤクザの出世の道を妨げ、伸びる芽を潰したも同然の憎き相手であるはずだった。

なのに、毫も恨まず、笑って水に流してくれるのだから、なかなかできることではなかった。

そんな気のいい男であったればこそ、所詮ヤクザ渡世には向いていなかったのかも知れない。

その潮亀から、このとき、

「おまえ、有名人で顔が広いんだから、小遣い稼ぎにやってみなよ」

と勧められて、ジョンツがやることになったのが、競馬のノミ屋稼業であった。

さっそく伊勢佐木町の清正公園通りに事務所を構えて一人で始めたのはよかったが、なにしろ

ノミ行為の何たるかも知らないド素人、最初は多事多難だった。

友人・知人にノミ屋開業を知らせたうえで、レースのある週末、ジョンツは朝早くから張りきって電話の前に座って待っていたが、案に相違して電話はいっこうに鳴らない。

おかしいなと思って首を傾げていると、午後になってようやく電話があったものだから、嬉しくて、

「え、何？　1～3、1～4だって？　わかった．ありがとう」

ろくに相手が言うのも聞かずに電話を切ってしまった。

すぐに折り返しの電話が掛かってきて、相手は苦笑しながら、

「ダメだよ、それじゃ。何レースの何にいくら、何にはいくらって、ちゃんとメモはとったのかい？」

と教えられる始末で、ノミ行為のやりかたさえわからなかったのだ。

しかも、間の悪いことに、初っ端から大穴を当てられるというツキのなさで、資金のないジョンツは姉に頭を下げて八十万円借金しなければならない有様だった。

こんなはずでは——と、ジョンツは天を仰いだが、それでも潮亀の、

「必ず儲かるから」

という言葉を信じて、慣れないノミ屋稼業、なんとか投げ出さずに耐え凌いだ。

客への払い戻し日を守り、逆に客に支払いを催促しないというスタイルが信用を増したのか、客も増えて徐々に盛り返していった。

三週目からは不覚をとることなく、上手に捌いて目に見えて儲かりだした。

すると、当然のように、噂を聞きつけた地元のヤクザ組織から、ジョンツにいちゃもんが入った。

事務所に電話を掛けてきたのは、尾之山という昔の不良仲間、中学の同級生だった。もうつきあいこそなかったが、尾之山がヤクザになったことは、ジョンツも人伝てに聞いて知っていた。

「おお、ジョンツ、久し振りだな。おまえ、日本名、大本って言うんだっけ?」

「ああ、そうだよ」

「やっぱりおまえかぁ!」

「どうしたんだ?」

「いや、おまえのことで、うちの事務所がいま、ちょっとした騒ぎになってるんだよ。清正公のド真ん中で、カタギがノミ屋やってるぞって。どうも、大本とかいうヤツらしい、と。オレもどっかで聞いたことある名前だなあって思って……」

「それでオレのこと思い出したってわけか」

「うん、そうなんだ。こっちの立場もある。うちの事務所に来てくれ」

「何でだよ?　行ってどうすんの?」

「何でって、うちもカタギに舐めた真似されて、黙って見過ごすわけにはいかんだろ。……だから、オレに任せてくれ。オレが上と話をつけるから」

「悪いが、そいつは断るよ」

「何でだ!?　オレが信用できないのか!?」

その通りだよ――との言葉を呑みこんで、ジョンツは、

「いや、誰であれ、この話は、どう考えたって、こっちが落とし前をなんぼ払うという話にしかならねえだろ。そんなの、御免だね」

「……おまえ、変わらねえなぁ……いいのか、それで。けじめとられるよ」

「……」ジョンツは腹立たしさより先に、笑えてきた。昔は歯牙にもかけなかった相手が、背負った代紋を笠に着て脅しをかけてくるのだから、おかしくてつい忍び笑いが漏れ出てしまった。

「てめえ、何がおかしいんだ！」

「いやぁ、悪い悪い。人間、看板持つと変わるもんだと思ってな」

「何だと！」

「いいか、よく聞けよ。用があるんなら、そっちから来い！　攫《さら》いに来るなら、攫いに来い！」

ジョンツはそのまま電話を「ガシャッ！」と叩き切った。

それきり電話は尾之山からもその所属組織からもまるで掛かってこなかった。

ジョンツは肚を括って待ったのだが、その後も相手からは何の反応も妨害もなかった。

ジョンツのことを調べた結果、

「あんなバカは放っておけ」

となったのか、それとも別の理由があったのか、ジョンツにも不可解で、首を傾げたものだ。

6

ヤクザ相手といえば、風邪ぎみで寝こんでいたところへ、いきなり日本刀を突きつけられ拉致されたことも、ジョンツには苦い記憶として忘れられなかった。

競馬のノミ屋をやりだして二年目くらいの時分であったろうか。伊勢佐木町の清正公通りに置いていた事務所を、大口駅前の実家の隣りのアパートに移したあとのことだが、ノミ屋家業は変わらず繁盛していた。

ジョンツがヤクザ者によって拉致されたのは、そのノミ行為とはまったくの別件であった。

突如、四人のヤクザがアパートの階段をドタッドタッと駆けあがってきて、ジョンツの部屋に押し入ったのは夜八時ごろのことだった。

そんな早い時間にジョンツが寝に就いていたのは、風邪を引いて熱があったからだ。そこへやおら抜き身を突きつけられたのでは、いかな強者《つわもの》といえど、手も足も出なかった。

「おい、おまえが大本だな。来るんだ！」

と引っ立てられ、無理やり車に乗せられたジョンツ。まるで身に覚えのないことだったので、

「これはいったい何の真似だ？　だいたいおまえら、どこの何者だ⁉」

わが身を攫った相手に問うと、

「オレたちは何某一家の者《もん》だ」

と都内に縄張りを置く大きな一家の名を口にした。その一家の系列三次団体幹部で、横浜で渡世を張る佐古島という男だった。

ジョンツより五、六歳上、三十前後と見受けられる佐古島は、この夜、若い衆三人を引き連れて、ジョンツの拉致に至ったのだ。

佐古島が車の助手席に乗り、三人の若い衆は一人が運転役、あとの二人がジョンツを挟んで後部座席に座った。

「オレはあんたらに攫われる覚えはないんだがな……」

平然と言い張って少しも怖気ついた様子のないジョンツに、若い衆の一人が苛立ち、

「てめえ、ノーズラかましやがって！」

と声を荒らげた。そのうえで、佐古島に、

「兄貴、こいつ、ちょいと締めていいですか」

伺いを立てたが、

「まあ、待て」

と制された。

舎弟を止めた佐古島、再びジョンツに、

「おまえ、この通り、うちの連中もいきりたってるんだ。とぼけてると、殺すぞ！」

「だから、何のことだって、聞いてんだろ！」

「てめえ！　……まあ、いい。じゃあ、言おう。女だよ。おまえ、『チャド』の船木から女を預かっただろ。どこへやった？」

「女って？　あんた、あの彼女とどんな関係があるんだい？」

「オレの女《スケ》だ。船木のヤローが手を出しやがったんだよ」

「えっ⁉　……」

ジョンツは絶句した。確かに鶴見で「チャド」というスナックを経営する知人の船木から、

「悪いけど、ジョンツ、オレの女、ちょっとの間、君のところに置いといてくれないか」

と頼まれ、彼女のために大口のアパートを提供したのは事実だった。

ただ、数年前に巻きこまれた誘拐事件で懲りていたから、

「いいけど、本当におまえの彼女かい？　どっかから攫ってきたんじゃないだろうな？」

と聞いたものだが、船木は笑って応えた。

「ハッハッハッ、面白いことというなぁ。正真正銘、オレの彼女だよ」

見ると、女のほうも船木にベッタリくっついて、とても誘拐されてきたとは思えなかった。それでもジョンツは、なお疑い、

「本当だな？　何かいわく因縁のある女じゃないと信じていいんだな。ゴタゴタに巻きこまれるのは嫌だからな」

念を押しても、船木は、

「それはないよ。ちょっとの間だから、頼むわ」

悪びれるところはなかった。

女も嫣然《えんぜん》と微笑んで、ジョンツに科《しな》を作ってくる。これまた若くてグラマー、ふるいつきたくなるようないい女だった。

〈このヤロー、女房のある身のくせに、うまいことやりやがって！〉

と、内心で船木を毒づきながらも、結局は空いているアパートの部屋を使わせてやることにし

たのだから、ジョンツも人が好《よ》かった。

頼まれたら嫌とは言えないその性分が、またしても仇となったのだ。

それがまさかヤクザ者の愛人だったというのだから、ジョンツも二の句が告げられなかった。

〈船木のヤロー、トッポいヤツだとは思ってたけど、よりによってヤクザ者の女に手を出すとは！〉

とても考えられなかった。しかも、あの女、船木がいないとき、ジョンツと二人きりになるや、

「私、あなたのこと、前から知っているのよ」

と明らかに誘惑してくるような素振りまで見せたではないか。

〈ひゃあー、危なかったなぁ。その気になってあんな女とやってたら、えらいことになってたなぁ……〉

ジョンツはいまさらながら背中を冷汗が流れるような思いがした。

そんなジョンツの表情を助手席から凝視しながら、佐古島が、

「おい、思い出したか。それで女をどこへやったんだ？」

と追及してきた。

「オレは知らねえよ。女に部屋を貸したのは事実だが、あとのことは知らねえな。いつ部屋を出てったかも知らねえんだ」

ジョンツが答えた途端、両隣りの若い衆が、

「てめえっ！」

と喚《わめ》いて迫るので、

「うるせえ！　キャンキャン吼えるな！」

ジョンツが怒鳴り返して二人を黙らせた。

「ところで、この車、どこへ行くんだ？」

ジョンツに訊かれて、

「おまえ、余裕だな。攫われんのに慣れてるみたいだな。……鶴見の船木の家だよ」

佐古島が応えて間もなくすると、車は言葉通り、鶴見にある船木の自宅マンションに到着した。

が、当然、船木は留守で、その女房しかいなかった。

船木の妻はもとより亭主の行く先も女のことも知らなかった。船木たちに脅されて震えるばかりで、

「大本さんが知ってるでしょ。うちのがあなたのアパートにいるって、前、私に言ったんじゃない」

苦し紛れに、ジョンツに責任をなすりつけるようなことまで言う。

これにはジョンツも切れた。

「このババァ！　オレはおまえの亭主を庇ってんじゃないか！」

佐古島はいっこうに埒《らち》が明かないものだから、いよいよ苛立ちを募らせ、ジョンツに矛先を向けた。

「小僧！　いいから、はっきりしろ！　どっちにしろ、おまえの命はないから。女はどこへいった⁉」

「……」

「何度言ったらわかるんだ。オレは知らねえよ」

「おまえの女房がホンダN３で女をどっかへ乗っけて行ったという話もあるんだ」

「そんなことを誰が言ってんだ？　そいつに会わせてくれよ」

「……」

側にいた佐古島の舎弟連中もジリジリしてきて、一人が、

「――兄貴、このヤロー、締めて吐かせちまいましょうよ」

と凄んだ。先ほどのヤツと知って、ジョンツも肚に据えかねた。

「おい、おまえ、さっきから締めるって粋がりやがって！　オレとタイマンで勝負する根性あんのか！」

「何ィー」

「うるせえ！　おい、佐古島、殺すならさっさと殺せ！」

ジョンツが吼えるのに、佐古島も、とんでもない厄介なヤツを攫ってきたことに、段々気づい

てきたようだった。

こいつは素人《ネス》、カタギだって聞いたんだが、それにしちゃ、ちっともブルッていないとこ見ると、看板持ちかな、どっちにしろ、とんだヤクネタだ――と実感したのだ。

「よしっ、ここは出よう！」

船木宅を引きあげることにして、ジョンツを連れたまま、一統が次に車で向かった先は、反町の小さなアパートだった。

これにはジョンツも驚いた。大口駅前の実家、攫われたアパートから目と鼻の先であったからだ。

「何だい、こんなところに根城があったのかい。オレんちのすぐ近くじゃないか」

ジョンツが奇妙に思って聞くと、

「いいから、黙ってろよ」

佐古島は不機嫌極まりなかった。

アパートの部屋には事務所らしき机も応接セットも何もなかった。どうやら拳銃や日本刀など〝道具〟の隠し場所として使っているようだ――と、ジョンツは目星をつけた。

縄や紐で身体を縛られ拘束されているわけではないジョンツに、突きつけられているのは日本刀だけだった。

それさえ怖れているふうには見えない男を、これ以上押さえておくのもあまり意味がないことにも、佐古島は気づき始めた。要は、ジョンツをすっかり持て余しだしていた。

そんな微妙な雰囲気を感じとったのだろう。ジョンツが、

「ちょっと家に電話していいか。みんな、心配してんから」

と申し出た。およそ監禁されている者の態度とは思えなかった。

「おお、いいぞ。余計なこと喋んじやねえぞ」

佐古島の返事に、他の舎弟たちが「え？」という顔になった。

ジョンツはまるで意に介さず、部屋の電話に手を伸ばし、ダイヤルを回した。

電話に出た相手に、ジョンツが驚きの声をあげた。

「あれ？　刑事さん？」

佐古島たちがギョッとなり、椅子から立ちあがった。

7

ジョンツは受話器の話し口を手の平で塞ぐと、血色ばむ連中に、

「オレは警察になんか電話してねえぞ。家に電話したら、刑事がいたんだ」

と事態を説明した。

「――てめえ！……」

「心配するな。おまえらのことは何も喋らねえから」

ジョンツは電話の向こう側の刑事と話しだした。

「何で刑事さんがオレんちにいるんだい？」

「おまえの女房から、おまえが攫われたんじゃないかって、連絡があったんだよ」

ジョンツにも馴染みの神奈川署の刑事だった。

「オレは攫われてなんかいないっすよ」

「無事なんだな。で、いま、どこだい？」

「どこかは言えないけど、もうじき帰るから心配いらねえって、女房には言っといてください」

「おお、わかった。大本、おまえ、真面目にやれよ。いいお袋さんといいカミさん、泣かすんじゃ

ねえぞ」

「はあ、わかりましたよ」

ジョンツは受話器をおろし、電話を切った。

ジョンツと刑事の電話の遣りとりを黙って聞いていた佐古島たち、すっかり毒気を抜けた、シラけたような顔になっている。

「――というわけだよ。……で、オレはどうなる？　どうすりゃいいんだ」

電話を終えたジョンツが、佐古島に訊ねた。

佐古島は面倒くさそうに、

「もう帰っていいよ」

と応えた。半ば不貞腐れた感じだ。

「えっ？」これにはジョンツが黙っていられなかった。

「帰っていいって……それはないだろう！　ふざけんなよ！」

「てめえはいったいどこの身内だ？　看板を言えよ！」

「また、それかよ。そんなのはどうだっていいだろ。オレはどこの看板も背負っちゃいねえ。オレはオレだ。ひとりだよ」

「カタギだって言うのかい!?」

「そんなことより、オレを殺すんじゃなかったのか」

「今回は目をつぶってやんからよ。帰れって言ってんだ。早く帰れ！」

「ほう、そうかい。こっちはこの始末、有耶無耶《うやむや》にはできねえな。いずれ挨拶に来るからよ」

ジョンツは捨て科白を残し、彼らの罵声を背に、その場をあとにした。

いったん口にしたことは必ず実行するのをモットーとするジョンツ。その言葉通り、佐古島への落とし前を後日きっちりつけることになる。

しかも、自分がやられたのと同じやりかた――日本刀を持って相手方に乗りこんで躰を攫うという報復をやってのけたのだ。カタギがヤクザを攫うというのだから、とんだ逆さまであった。

その後、チャドのオーナーの船木はどうなったのか。ジョンツへの連絡は一切なく、音沙汰無しだった。ジョンツは呆れ
「人にさんざん迷惑かけといて、とんでもないヤローだな」

と腹を立てたが、それまでのことで、船木は別にどうでもよかった。ジョンツにすれば、問題は佐古島だった。受けた屈辱は許せるものではなく、借りは倍にして返すつもりでいた。

いろいろ情報収集した結果、船木が手を出した女は、どうやら佐古島のもとに戻っているということだった。

このごろの佐古島は、鶴見の「スター」というゲーム喫茶を事務所代わりにして、そこにいる

ことが多いという。

「よしっ、そこを狙うか」

ジョンツはスターに乗りこんで佐古島を攫うことに決めたのだった。

その日、日本刀を用意し、車の運転をサックンという不良仲間に頼んで、ジョンツが大口の自宅から出発しようとしていると、そこへホラ吹きでお調子者の後輩、ヒデが現われた。ヒデは話を聞くや、

「それなら、オレも行きますよ。連れてってください。佐古島なんてよく知ってますし、ジョンツさん、オレの父親が誰なのか、知ってますか？」

と言いだした。ジョンツが、

「知らないなぁ。誰だい？」

と聞くと、佐古島の所属する一家と近い都内名門一家の親分の名を口にするのだ。その縁で、佐古島とも心安くしており、

「オレが行けば、大丈夫です。一発で話をつけられますから」

などと、言うのだが、

「嘘つけ！　おまえ、また嘘ついてんな」

と、ジョンツは端から信じていなかった。

ヒデの虚言癖を知る運転役のサックンも、首を横に振って、相手にしないよう、ジョンツにサインを送ってくる。

それでも、ヒデは、

「いや、嘘なんかついてませんよ」

とツッパるので、ジョンツも仕方なく、

「わかった、わかった。連れていくから邪魔するなよ」

同行を許したのは、こんなヤツでも何かの役に立つかも知れないと考えてのことだったが、それが大きな間違いだった。

相手の事務所兼ゲーム喫茶へ着くなり、ジョンツが、

「おい、ヒデ、おまえ、佐古島知ってんだろ。先に入れよ」

と促しても、ヒデは入り口の前で固まって動こうとしない。

「ほら、入れよ」

ジョンツがドアを開け、ヒデを店内に押しやった。この日は佐古島の他、例の女と、二人の若い衆しかいないことも、事前に調べをつけていた。

店に突然飛びこんできた男を見て、佐古島がすぐに何者かわかって、

「何だ、ヒデじゃないか。どうした？」

と聞いた。ヒデが言う「よく知っている」かどうかはともかく、知りあいであるのは嘘ではなかったようだ。

佐古島に聞かれて、ヒデは、

「……はあ、いえ、いま、ここの前を通ったもんですから……」

とか何とか、口の中でモゴモゴ言っている。その様子をドアの陰から見ていたジョンツは、苦笑し、

「どいてろ！」

と、ヒデのすぐあとから、店内に躍りこんだ。

「……あっ、てめえは……」

相手を見て、佐古島は目を剥いた。

「この間は世話になったな。約束通り、挨拶に来たぜ」

今度はジョンツのほうが抜き身をぶらさげている。

「いったいてめえはどこの組の者《もん》なんだよ!?」

佐古島がまたもや同じことを聞いてくるので、ジョンツがいい加減うんざりしていると、その側から、ヒデが、

「オレの先輩で、素っカタギです！」

と、得意げになって言わずもがなのことを言う。

「バカヤロー！　あっちへ行ってろ！」

ジョンツが呆れ返ってヒデを蹴飛ばした。

そこにいた佐古島の若い衆二人が、殺気立って身構え、懐に手を入れた。

「てめえら、動くな！　静かにしてろ！」

ジョンツが怒声を発し、抜き身をまっすぐ佐古島の胸元に向けている。切っ先が触れんばかりだった。

「おまえら、言われた通りにしろ！」

佐古島も若い衆に怒鳴った。

と見ると、その隣りで、恐怖で目を見開き、顔を蒼ざめさせた女がいる。

これを見よがしに胸元を大きく開けたドレスを着た女——ジョンツがアパートに匿い、今度の騒動の原因をなした件《くだん》の女だった。

ジョンツと目が合った。

「久しぶりだな、ネエちゃん。まだ名前を聞いてなかったな」

「……ヨ、ヨーコよ」

「ヨーコか、あんたのせいでこんなことになっちまったんだぜ」

「……」

「まあ、いい。あんたが悪いんじゃない。そのボインに目が眩んだバカな男が悪いんだ。よーし、佐古島さん、あんただけ来るんだ」

ジョンツは佐古島を促し、外へ連れ出した。表に停めていた車に佐古島を乗せると、運転席で待っていたサックンに、

「よし、出してくれ」

と命じた。

「はいよ」サックンは車を勢いよく発進させた。

「おーい、待ってくれ！」

追いてけぼりにされたヒデが、車のあとをあわてて追いかけてきた。

「いいのかい、ヒデは？」

サックンが聞くのに、

「いいよ、あいつは。置いてこ」

懲りたとばかりにジョンツが答えた。

サックンは車を多摩川方面に向けてグングン飛ばした。

「おい、オレをどうしようってんだ？」

と佐古島がジョンツに訊いた。

「どうもしないよ。オレを攫った借りを返してもらおうと思ってな」

「だから、どうしろって言うんだ？」

「詫びてくれりゃいいいんだよ」

「……」

「それでなかったことにしようじゃないか」

「いや、それをやったら、オレはもうヤクザとしてメシ食えなくなるんだがな」

「……ほう、そうか。じゃあ、どうすりゃいい？」

今度は逆にジョンツが訊ねた。

「おまえもオレを攫い返したんだから、これでおあいこじゃないのか」

「ああ、それもそうだな。じゃあ、これで無しってことにしようか」

ジョンツも相手の顔を立てる形であっさり受け入れた。要は、やり過ぎは禁物、追いつめ過ぎないことが肝心なのだった。それはジョンツも重々心得ていたのだ。

だが、誰が考えても、カタギがヤクザを追いつめるなどというのは、おかしな話には違いなかった。

8

ジョンツが喧嘩する相手は、ほとんどがヤクザ——看板持ちであったから、あとで考えたら、よくぞあれだけ誰彼構わずに無茶苦茶やってきて、命を落とすことなく無事で済んだものだ、との感慨が大きかった。

仮にも相手は喧嘩のプロである。素人相手に負けたら、おまんまの食いあげとなる。どんな手を使っても負けるわけにはいかないのだ。喧嘩に強いとか弱いというのは関係なかった。何より面子がかかってくる。

そういう連中相手に、素人が一歩も引かずにやりあうというのは本来タブーであり、愚の骨頂であろう。

だが、いったん喧嘩となると、大概の者はその看板を前面に押し出し、代紋を振り翳してくるから始末に負えなかった。それがジョンツの一番嫌いとするところで

「男がタイマン張るのに、看板がどうのこうのって関係ねえだろ!」

と言うのだが、通用する相手はいなかった。

それでも、まったく存在しなかったわけではない。代紋など関係ないとばかりに、ジョンツと

とことん一対一対の勝負に応じた大物ヤクザがいたのも、事実だった。

ジョンツがそんな稀に見る看板持ちとぶつかったのは、二十代半ばのことである。

喧嘩のきっかけは、大方がそうであるように、ごくささいなつまらないことだった。

そのころ交際していた彼女を連れて、ジョンツが行きつけの六角橋のレストランへ入ったときのこと。オーナーもよく知っていて、馴染みの店だった。

そこで食事をしていると、二人連れの中年男の客が入ってきて、一人はジョンツの席のすぐ後ろに座った。たまたまその席の背凭れに、ジョンツは自分のスーツの上着を掛けていた。

客がそこに腰かけ、知らずに凭れてしまったので、気づいたジョンツが、

「――おっ、ちょっと待ってくれ。オレの上着が……」

上着をとったが、遅かった。

「ああ、何だよ、おたく、アイロンまで掛けちまって、シワシワだよ……」

まだ仕立てたばかりの白いスーツを手に、ジョンツが文句を言うと、

「何だと!?　アンちゃん、てめえ、こらっ！　生意気な小僧だな」

相手もムッときたようだった。

「人のスーツをこんなふうにして、その言い草はねえだろ！」

「てめえ！」

一触即発になったとき、店の従業員が吹っ飛んできて止めに入った。

なぜか従業員の皆が皆、ジョンツのほうを押さえにかかるから、

「なんでオレだけ止めるんだよ?」

ジョンツが不思議がった。

相手は小柄な五十代ぐらいの中年男、ジョンツには何者と知るよしもなかった。

彼こそ横浜では知られた筋金入りの武闘派、武藤という大物ヤクザだった。広島出身の喧嘩大将として、その世界では知らぬ者とてなかった。

連れは彼の客で、カタギのダンベエ——金主であった。武藤は若い衆を一人だけ連れていたが、運転手として表で待機していた。

従業員たちは皆、武藤の素性を知っていたから、

「大本さん、やめてください! 相手が悪いです!」

後ろから必死に抱きつくようにして、ジョンツに喧嘩させまいとした。

そこへジョンツ目がけてサントリー・オールドのボトルが、唸りをあげて飛んできた。ジョンツが咄嗟に躱したが、危うく身体に当たるところだった。武藤の仕業であった。

そこでジョンツがブチ切れた。

押さえつける従業員たちを撥ねのけて、武藤に向かって行く。

たちまち両者の間でバシッバシッと殴りあいの喧嘩が始まった。相手を何者と知らないジョンツは、五十を越えた初老といわれる人間であっても、遠慮会釈なく、容赦しなかった。怒りに任せて殴りつけ、蹴り、相手の顔面めがけ、得意の頭突きまで連続してぶち込んだ。

「ワリャア、ネスのくせしよって、許さんど！」

「やかましい！　ジジイのくせしやがって！」

「オドレ！　小僧、舐めくさって！」

ジョンツは二十代半ばのバリバリで血気盛ん、体力的にも一番充実し、向かうところ敵なしの時分である。

いかな「武闘の帝王」といえ、五十代のロートルが勝てる相手ではなかった。武藤は圧倒的に押され、劣勢に立たされていく。

だが、このジイさん、並みの五十代ではなく、ジョンツも舌を巻くほど喧嘩が強かった。おまけに根性も凄まじかった。いくら殴られ、頭突きを何発も喰らって歯を折られ顔中血に染めても音をあげないどころか、三十も歳下の若者相手に闘志を剥きだしにするのだ。

「小僧、もう生きて帰さんど！　ネスが……ぶちのめしてやるけん！」

「おたくよぉ、さっきからネス、ネスって言ってるけど、何のことだ？」

「ワレみたいなド素人を言うんじゃ。来んかい！」

ダメージも甚だしく、肩で喘ぐようにしながら、なお戦いを続けようとしている。

「じゃあ、おっさん、ヤクザかい？」

「それがどうしたんなら？　関係あるかい！　こんなとワシの勝負じゃ！」

ジョンツがホーッと目を瞠《みは》った。自分がいつも言っている科白を相手に言われたのは初めてだった。

「おっさん、オレとやっても勝てねえから、やめとけよ」

「舐めんな！　小僧、来いや！」

ダウン寸前、勝負の行く末は誰の目にも明らかなのに、ロートル武闘王はなお突っ張った。

――と、そのとき、ドタドタッと音がして、血相変えてその場に駆けつけてきた者がいた。

「親父《おや》っさん！　大丈夫でっか！」

表の駐車場で待機していた武藤の若い衆だった。どうやら武藤の連れの金主が、あわてて知らせたものらしい。

「手を出すな！　ワシの喧嘩じゃ！　こっち来るな！」

武藤が若い衆に怒鳴った。

「……せやけど、親父っさん……」

若い衆は立ち止まって困惑している。

「ほしたらな、おまえ、女房に電話して、地下タビ持って来い言うてくれんな」

「……はあ、地下タビでっか？」

「ほうじゃ、ワシ、こいつと山へ行って、とことん勝負するけん、地下タビが欲しいんじゃ。すぐ届けさせえ」

「わかりました」

若い衆がまたすっ飛んで電話をかけに行く。まだ携帯電話が普及していない時代である。

武藤が再びジョンツに向き直った。

「おい、アンちゃん、そういうわけじゃけん、山へ行って、この続きやろうじゃないかい。ケリつけちゃる！」

だが、ジョンツは即座に峻拒《しゅんきょ》した。

「ご免だよ。山へなんか行かねえよ。オレは帰るぜ。オレの名は大本鍾特《ジョンツ》。横浜線の大口駅前でスクラップ屋の大本っていやあ、すぐにわかる。逃げも隠れもしねえよ。用があるなら、いつでも来いや」

ジョンツはそれだけ言うと、そのまま武藤に背を向け、連れの女とともにレストランを後にした。

武藤も若い衆も誰もあとを追いかけてはこなかった。

9

翌朝、武藤の行動はすばやかった。

当時、ジョンツは家族とともに大口駅前で仮の長屋住まいをしていたのだが、実家が取り壊され、その跡にマンション建設中であったからだ。

そこへさっそく武藤が若い衆を引き連れてやってきたのだ。

ジョンツが朝起きて表に出ると、ちょうど家の前に大きなベンツが停まったところだった。ベンツのドアが開いて、人相風体のよろしくない二人の若者が降りてきた。

〈あっ、昨日のヤツらだな〉

ジョンツはピンと来た。

「あんた、大本さんだな」

「そうだよ」

「乗れ！」

「ふん、昨日の続きかい」

ジョンツがサンダル履きのままベンツに乗り込むと、姉が外出から帰ってきたところで、弟を

見て、

「あれ、おまえ、どこに行くの？」

「ああ、ちょっとそこまで」

「ふ〜ん、行ってらっしゃい」

と手を振った。

〈ちぇっ、こっちは攫われてるっていうのに、まったく鈍感な姉ちゃんだな〉

ジョンツが苦笑していると、

「姉かい？」

助手席から武藤が聞いてきた。

ジョンツが頷くと、ベンツは発進した。

後部座席のジョンツは、二人の若者に両隣りから挟まれている。一人はスキンヘッド、もう一人はサングラスを掛けていた。運転手が昨日と同じ若い衆だった。

車が走り出すや、左隣りのスキンヘッドが、

「てめえ、昨日はうちの兄貴が世話になったそうだな」

といきなりジョンツを殴ってきた。それはガツッと右頬に脳天にまで響くような強烈なパンチだった。

ジョンツは憤激し、

「このヤロー！」

と思いきり殴り返した。

まさか攫った相手から反撃を喰らうとは思ってもいなかったのだろう、スキンヘッドは目を剥いて凄んだ。

「てめえ、命ねえぞ！　わかってるんか！」

「なら、いま、やれよ、ここで！　このヤロー！」

ジョンツはなおやろうとする。

「おい、やめとけよ」

武藤が振り返って舎弟を制した。

「兄貴、こいつ、どうなってるんですか。こんなヤツ、見たことないですよ」

とスキンヘッド。

「フッフッフ、そうだろ。オレも初めて見たよ。これでネスだって言うんだからな」

「えっ！　こいつ、カタギなんですか？」

ジョンツの右隣りのサングラスもたまげている。

「おまえら、よう見とったれ、この男。攫われても、この所作、おまえらにできるか？」

「はあ……」二人の舎弟は武藤に言われ、神妙な顔になった。

「普段は親分や言うてエバッとるヤツが、攫われてションベン漏らしたヤツも、ワシは知っとるけんのう。おまえらも、そないな連中いっぱい見とるやろ？」

「……」少し考えたあとで、スキンヘッドが、

「はあ、自分も、山に攫われた幹部クラスのヤツが、泣いて命乞いしたっちゅう話も聞いてます」

「いざとなったら、人間なんてそんなもんや。それをこいつは、泣きを入れるどころか、まだワシらとやりあおうとしとるんやけん、ええ根性しとるやないけ」

「兄貴と五分でやりあった男ですからね」

スキンヘッドのお追従に、ジョンツが胸の内で、

〈バカヤロ、五分じゃねえ。オレが一方的にやっつけてたんだ！〉

と文句を垂れたが、その実、さっきから随分持ちあげられていたから悪い気はしなかった。

「いや、ワシのほうがやられとったな。歯も何本か失《の》うなってしもたけんのう」

なんと、武藤のほうで訂正し、正直に申告するのだから、ジョンツは驚いた。

こんなに虚勢を張らないヤクザ者というのも、見たことがなかった。昨日からの所作と言い、ジョンツはこの親分のことを段々好きになり始めていた。

一行を乗せたベンツは、やがて横浜・武相の武藤の自宅マンションへと到着した。

夫が拉致してきたジョンツを見て、武藤夫人が驚きの声をあげた。

「あんた、何、まだ子どもじゃないの！」

昨日は夫の求めに応じ、地下タビまで用意したのだ。その夫の喧嘩相手が、よもやこれほど若いとは、彼女は思ってもいなかったようだ。

「あんた、こんな若い子とやりあったの？〝喧嘩屋・武藤〟と言われた男が……」

リビングのソファーに腰をおろした夫とジョンツを交互に見ながら、姐さんは目を丸くしている。

「これがなあ、強いの何の……おまけに怖いもの知らずと来とる。ワシの若いころにそっくりなんじゃ」

武藤が苦笑いを浮かべている。

「へえ、凄いわねえ。坊や、大口なんだって？　大口だったら駅前の仙峰苑て焼き肉屋知ってる？」

夫人の質問に、ジョンツが、

「うちの姉がやってますが……」

と答えるや、姐の態度がガラッと変わって、

「え、そうなの。じゃあ、坊やも在日だね。韓国でしょ。私もそうなのよ」

シンパシー溢れるものになったのだ。

てっきり殺されるものとばかり思っていたのに、雲行きがおかしくなって、ジョンツも何だか調子が狂ってきた。

姐が親しみをこめてジョンツに問う。

「あんた、うちのがヤクザ屋さんて知ってたの？」

「いえ、知りませんでした」

「そう。やっぱりね。こうに見えてもね、うちのはこの世界じゃ、大変な顔なのよ。あんたもエライことやっちゃったわね。本当ならタダじゃ済まないんだけど、私からも言ってあげるから、ちゃんと謝って帰んな」

夫人がてきぱき事を進めるものだから、舎弟たちが出鼻を挫かれたようなポカンとした顔になった。武藤も呆れ顔で、

「おいおい、おまえ、勝手に決めたらあかんど。ワシら、これからこの小僧、きついヤキ入れにゃならんけん」

と言うのだが、姐は平気だった。

「そんなこと、私がさせません……と言うより、あんた、もうそんな気ないでしょ。もうこの子、気に入ってるみたいだから」

夫に言い返すと、ジョンツに向き直り、

「さあ、あんた、早く謝って帰んなさい」

と命じるのだ。これにはジョンツも、気圧されたようになり、武藤に、

「どうもすいませんでした」

と殊勝に頭を下げた。

武藤も、しょうがねえなというふうに苦笑し、

「小僧、大本……ジョンツとか言うたか？　おまえ、いつまでもこんな生き方続けとったら、必ず殺されるど。カタギならカタギらしゅうせんと。競馬のノミ屋みたいなことしとったらあかんで」

「えっ、どうして知ってるんですか？」

「調べさしたんじゃ。……看板掲げとらん言うても、ノミ屋やっとったら、カタギとは言わん。半端はいかんど。おまえは極道になる気はないんじゃろ？」

「はい。嫌いですから」

「ほう、はっきり言うのう。それやったら、なおさらじゃ。半端な真似しとったらあかんじゃろが。カタギに徹さな。このままやったら、命なくなるぞ、こんなは……」

「はあ……」

「まあ、ええ。何かあったら、いつでもワシんとこに言うてこい。もう去《い》ね！」

「……はあ、失礼します」

なにはともあれ、ジョンツはやさしい姐さんの口添えもあって、危うく命拾いしたのだった。

10

武藤に言われなくても、競馬のノミ屋稼業、ジョンツはもともとそう長く続けるつもりはなかった。ジョンツが潮亀達次に勧められノミ屋を始めたのは、家業の鉄屑《スクラップ》屋のほうは軌道に乗ってはいたものの、ジョンツ自身に借金があったためで、てっとり早く稼いでさっさと辞めるつもりでいたのだ。

ところが、二年、三年とやっていくうちに得意客がついて、ジョンツは辞めたくても、

「頼むからもう少し続けてくれ」

と彼らが辞めさせてくれなかった。

客というのはクリーニング屋とか肉屋の親父といったカタギの連中ばかりで、とりわけ熱心なのが二人いた。彼らに泣きつかれれば、ジョンツとて無下に辞めるわけにはいかなかった。

そのため、ズルズルと続けることになったのだが、それが間違いのもとだった。なんとその客

の一人が、ジョンツに隠れてノミ屋内ノミ屋（ジョンツに中継する客からノンでいた）をやっていたのがバレて、神奈川署に逮捕されてしまうのだ。

当然そこから警察署の捜査の手は、ジョンツにも伸びてきた。警察はジョンツをノミ屋の元締めと見たのだ。

その日、ジョンツが大口駅前の姉が営む焼き肉屋へ赴こうとしていたのは、幼稚園から帰る娘を迎えに行くためだった。

店の近くまで来たとき、ノミ屋を手伝わせている舎弟が飛んできて、

「兄貴、ヤバいですよ。刑事が店に来ています。ここはズラカリましょ」

と訴えた。

「おお、やっぱり来たか」

ジョンツには、おおかたそんなことだろうと予測がついたことだった。が、それ以上に、しばらく会っていない五歳の娘に会いたかった。そのために、姉の店で待ちあわせしたのだ。

「兄貴、呑気に構えている場合じゃないですよ」

舎弟も気が気でない。

「いや、いいんだ。おまえはどこへでも行っていいぞ」

「えっ、兄貴は？」

「オレは店に行くよ。娘と待ちあわせてるからな。おまえは早く行け」

「わかりました」

舎弟はその場を離れていった。

ジョンツが姉の焼き肉屋「仙峰苑」へ行くと、刑事が二人で待っていた。

「蒋、わかってるな。逮捕状が出てる」

「ああ、わかってるよ」

そこへ幼稚園から姉の貞子に連れられ、娘の美浩が帰ってきた。

ジョンツはこのころ、妻の英子と別居中で、母や姉が娘の面倒を見ていた。

「おお、美浩、お帰り。いい子にしてた？　幼稚園では泣かなかったか？」

「うん、パパ、美浩、泣いてないよ。一回も」

「そりゃ、いい子だ。エラいな。じゃあ、パパと一緒にお家に帰ろうか」

実家は同じ大口駅前、店から目と鼻の先にあった。ジョンツがそう言うや否や、二人の刑事がパッとジョンツの前に立ちはだかり、その躰を押さえた。

「娘の前だ。手を離せ。オレは逃げ隠れしないよ」

「わかった」

「一服させてくれ」

ジョンツは椅子に腰をおろし、煙草を取り出し、一服喫うと、刑事は怒るどころか、

「オレにも一本くれ」

と言う。

煙草を喫いながら、ジョンツが娘をソッと見遣ると、その場の空気がわかるのだろう、緊張して顔をこわばらせ、一生懸命泣くまいとして堪えているのが見てとれた。

ジョンツは娘が愛しくてたまらなかった。

「頼むよ、刑事さん。娘を家まで送らせてくれないか。すぐそこだ。玄関まででいい」

刑事が黙って頷いた。

ジョンツは娘の美浩と手をつなぎ、店から徒歩二、三分の実家までゆっくり歩いた。

「美浩、パパはこれからもうどこにも行かない。美浩と一緒にいることにするよ」

「ホント？　約束する？」

「ああ、約束するよ。ただ、その前に。ちょっとだけ留守にするけど、すぐに帰るから。少しの間だけ、パパがいなくてもいい子にしててね」

「……」

それまで泣かずにいた美浩が、ワッと泣きだしたのは、自宅に着いた途端であった。

玄関先で出迎えた母に娘を渡してドアを閉めたジョンツ、踵を返すや、

「じゃあ、行きましょか」

両手を差し出すと、刑事も無言でその手に手錠を掛けたのだった。

警察署での取調べが始まると、刑事が追及してきたのは、

「蒋、ノミ屋って、おまえ、一人でなんか、できるわけねえだろ。どこの組だ？」

というもので、ジョンツの組織的な背景・関与を知りたがった。

「いえ、一人ですよ」

「そんなはずないだろ。おまえ、どっかの看板背負《しょ》ってんだろ。でなきゃ、ノミ屋なんかできっこねえからな」

「生まれてこのかた、自分はそういうの背負ったことないですよ」

「ヤクザとは関係ないって言うのか。ふ〜ん、怪しいな」

担当刑事は疑ってかかっていた。

ジョンツが護送車で横浜地方検察庁に送られるときも、その担当が付いた。

横浜地検前で特攻服を着た大勢の連中が待機していたのは、ジョンツ逮捕のニュースを聞いて駆けつけてきた彼の昔の不良仲間であった。

彼らはジョンツを乗せた護送車が到着すると、

「おお、来た、来た」

と言って車から降りてきたジョンツに喫わそうと、ショートホープを差し出すのだ。

ジョンツは、

「ありがとう。いま、バスの中でさんざん喫ってきたから、気持ちだけもらっとくよ」

と断った。

だが、これを見た担当、

「蒋、おまえ、やっぱりヤクザじゃねえか」

「いえ、彼らは昔の同級生やら友だち。みんな地元の古い知りあいですよ」

「ふ〜ん、そうか、それにしてもワルそうだな、みんな」

「そら、ヤクザやってるヤツもいますけど、根は気のいいヤツばかりですよ」

「そうか、何にせよ、蒋、検事さんにちゃんと謝って勘弁してもらうんだぞ」

担当も、好人物であった。

結局いくら訓べても暴力団組織に所属しているという事実は出て来ず、ジョンツはノミ行為で略式起訴され、罰金刑だけで済んだのだった。

ジョンツにすれば、怪我の功名というか、この事件によって客との情に絆《ほだ》され、辞めたくても辞められなかったノミ屋稼業からようやく足を洗えることになったのである。

むしろ、これでスッキリしたという気持ちのほうが強かった。

11

そのときほどジョンツは、金筋ヤクザの武藤に言われた、

「いまのままやったら必ず殺されるど」

との言葉が身に沁みて感じたことはなかった。確かにそれまでだって、何度危ない目に遭ってきたかわからない。

だが、そのとき、ジョンツの足元でパックリ口を開けて待っていたのは、紛れもなく死以外の何ものでもなかった。

事の発端は、例によって仲間内のささいな揉めごとであった。

そのころジョンツは、競馬のノミ屋稼業から足を洗って、横浜の伊勢佐木町に小さな焼き肉店をオープンさせていた。

店のすぐ近くには伊勢佐木町ピカデリーという横浜では知られた映画館があり、たまたまその日の夕方、ジョンツは同館で映画を観ていた。

その途中で呼び出しがあり、ジョンツが表に出たところ、不良仲間の後輩、小山だった。

「何だい？」

「チュンジョさんが呼んでるから、来い！」

「何を！　このヤロー、てめえ、何だ、その口のききかたは！」

映画の途中で呼び出されたばかりか、揉めている最中の同級生チュンジョの名が出たことで、ジョンツは不機嫌このうえなかった。おまけに目の前の後輩の態度の悪さに、苛立ちはピークに達した。

ジョンツはピカデリー前で小山を思いきりぶん殴って、地に這わせた。

「用があるなら、てめえが来いと言っとけ！」

と怒鳴った。

小山は顔を真っ赤にして立ちあがるなり、

「てめえ、待っとけよ！　すぐ来るからな」

駆け出していったかと思いきや、あっと言う間に駆け戻ってきた。手に持っていたのは日本刀だった。

小山は日本刀の刃先をジョンツに向け、突進してきた。それを躱したジョンツ、近くに置いてあったビール瓶ケースの空き箱を手に応戦、伊勢佐木町ピカデリー前は時ならぬ決闘場と化した。

やがてその箱を小山に投げつけるや、ジョンツはピカデリー裏の自分の焼き肉店に駆けこんだ。自分も店の包丁を持ち出すと、映画館前に舞い戻って小山と対峙、

「てめえ、道具を捨てろ！」

と威嚇した。ジョンツは包丁を振り翳しながら、

「ほらほら、言う通りにしろ！」

と言って、すばやく小山に詰め寄って、その襟首を摑んだ。包丁の柄で小山の顔をド突いて、

「道具捨てなきゃ、てめえ、刺すぞ！」

と脅すと、小山は喘ぐような顔になった。

「よしっ、オレから先に捨ててやる！」

ジョンツは自分の包丁をポーンと放り投げた。

「さっ、おまえもだ！」

ジョンツに凄まれ、小山も蛇に睨まれた蛙のようになって、日本刀を放るほかなかった。

それでもなお精一杯突っ張って、

「てめえ、覚えてろ！」

定番の捨て科白を残して、駆け去っていった。

その背を見遣りながら、ジョンツは、

「モンテローザだな」

と、すぐ近くにある、仲間が溜り場にしている福富町のレストランの名を口にした。

「どうせチュンジョも平沼もそこだろ」

今度の件も、おおかた平沼がチュンジョを焚きつけているのだろうと、ジョンツには見当がついたのだ。

「なら、こっちから出向いてやるまでだ」

ジョンツは自らモンテローザに赴くことにした。同レストランは、そこから歩いていくらもかからぬ目と鼻の先だった。

店に入ってきたジョンツを見て、チュンジョと平沼が立ちあがった。

「ジョンツ、てめえ、よくもオレをコケにしてくれたな」

「何のことだ？」

「ブルーバードだよ」

中古車売買に絡むちょっとした手違いから生じたトラブルだった。きちんと話をすれば何でもないことを、ジョンツの睨んだ通り、平沼がチュンジョを唆《そその》かし、二人を揉めさせようとしているのだった。

「よし、表に出ようぜ」

店の斜め前がちょうど空き地になっていた。

三人はそこで話しあうことにした。

もう日は落ちて外はだいぶ薄暗くなり始めていた。

「だから、チュンジョ、そりゃ、おまえの誤解だって言ってんだよ」

「けど、平沼の話じゃ、そうじゃないってことだぜ」

「おまえ、オレを信用しないのか」

三人で向かいあって話をしていると、もう一人、店から出てきて、

「てめえ！　このヤロー！　さっきはよくも！」

と怒声を発しながら、ジョンツに向かってくる者がいた。

暗くて誰だかわからなかったが、そのまま脇のほうからジョンツにドーンとぶつかってきた。

左脇腹上部に衝撃があり、相手を見ると、先刻来の小山だった。ジョンツは赦怒し、

「小僧！　てめえもしつっこいヤローだな！」

と押し返したが、ぶつかってこられた過所に、何か違和感があった。

小山を見ると、叩き割ったビール瓶を手にしている。そのギザギザの部分から血が滴っていた。

「あれっ？……」

ジョンツがひょいと自分の左腋下を見ると、出血がひどかった。

「えっ!?……」

小山に刺された瞬間は何も感じなかったのに、激しい痛みも出てきた。

「こりゃ、凄い血だ。布か何かないか！」

ジョンツが目の前の二人に叫んだ。

「あっ、バカヤロ、なんてことを！」

予期せぬ後輩の行動に、チュンジョと平沼もあわてだした。チュンジョは小山を、

「バカヤロー！　あっち行ってろ！」

と怒鳴りつけると、モンテローザに駆けこんでおしぼりを何本も持ってきた。それをジョンツの傷口に押し当てて、出血を止めようとした。

平沼は、

「よし、オレの車で病院へ運ぼう」

と言った。ちょうどうまい具合いに、その空き地にセドリックを駐めてあったのだ。

二人でジョンツをセドリックに担ぎこむと、平沼の運転で近くの病院へと向かった。

ジョンツは気を失いそうになるのを堪えて、

「おまえら、よくぞやってくれたな！」

二人に凄んだ。それでも失神しそうになるので、傷口に指を突っ込んでなんとか意識を保《も》たせようとした。

平沼はワルのくせに融通の利かない男だった。仲間のピンチにも拘らず、赤信号で律儀にも車

を停めるのだから、ジョンツが呆れて、

「何やってんだ！　早く行け！」

と怒鳴らねばならなかった。

が、そこまでが限界だった。ジョンツは車の中で意識を失った。

次に意識を取り戻したのは、病院のベッドで、母の慶蘭が医師に、

「お願いします。どうか息子の命を助けてあげてください」

と、必死の面持ちで懇願している姿が目に入った。ジョンツは「母ちゃん」と呼びかけようとして声が出せず、再び意識を失った。

ジョンツを襲ったギザギザビール瓶の凶器は肺にまで達しており、かなり危ない状況にあったのは確かで、大量の輸血が必要とされた。

ジョンツが再び覚醒したのは、まさにその輸血の最中で、看護婦たちがその業務に当たっていたのだが、どうも様子が変だった。

「あっ、この人はA型よ！　これはB型だわ」

「間違えたんだ。早く取り換えなきゃ！」

などと言いあって、彼女たちが天手古舞いしながらドタバタ取り組んでいるのだ。

そのうちの一人と、覚醒したばかりのジョンツの目とが合ってしまった。

「おいおい、それはないだろ。オレを殺す気か」

と言おうとしても、ジョンツは苦しくて声が出なかった。そこでハタと思い出していた。

この病院は、「あそこへ行ったら死ぬよ」と噂されるようなヤブ医者であったことを。

〈やっぱり噂は本当だったか……〉

ボンヤリ意識にのぼせながら、ジョンツは三度び気を失っていた。

だが、その厄介な手術を担当したのが院長だったことがジョンツに幸いし、手術はどうにか成功に至ったのだ。

一時は三途の川のほとりまで行ったジョンツが、無事にこちら側へ舞い戻ってきたのは、手術を終えた二日後のことだった。

ジョンツの生還を見届けたのは、ずっと側に付きっきりで看病していた妻の英子であった。

「気がついたのね」

「ああ、オレは助かったのか」

「ええ、そうよ。あなたは戻ってこれたのよ。お帰りなさい」

それはまさに奇蹟の生還といってよかった。手術を担当した院長が、ジョンツのもとに飛んできて、

「いやあ、あんたは本当に凄いねえ！　生命力も凄いけど、何か途徹もなく強い運を持ってます

よ。医者の立場で、こんなこと言っちゃまずいんだけど、私は正直、もうダメかと思ったですからね」

興奮ぎみに告げたものだ。

第四章　神奈川パチンコ王の誕生
——年間百億売りあげた男

1

ジョンツが初めてパチンコの事業に取り組んだのは、昭和五十九年秋、三十五歳のときである。

きっかけとなったのは、当時、家業（鉄屑《スクラップ》・解体業）の資材置き場として使っていた横浜市青葉区市ヶ尾の空き地で、ジョンツが不用物を燃やしていたときのことだ。

そこへ北海道拓殖銀行市ヶ尾支店長が車でブラッとやってきて、

「大本さん、どうですか、うちで融資しますから、ここで何か大きな商売やってみませんか」

と持ちかけてきたのだ。世は長い不況を脱して、前年後半ごろからようやく景気回復の兆しも見られ、〝バブル経済〟といわれる時代が到来しようとしていた。

「えっ、商売って？………」

急な話に、居あわせた社長の叔父も、面喰っている。

「たとえば、郊外型レストランとかモーテルといった事業ですよ」

支店長の提案に、

「いや、うちはそれは無理。できませんよ」

もともと学者で世事に疎い叔父に代わって、即座に応えたのは、ジョンツであった。

「じゃあ、何がいいですかねぇ。この土地を寝かしておくのももったいない話ですよ。いまはこのあたり、何もないところだけど、いずれニュータウンとして大きく発展し、人口も増えていくと思いますからね」

「ふ〜ん、事業ですか……その資金も糸目をつけず貸してくれるというんですか。そりゃありがたい話で、こんなチャンスを逃す手はないですね。ちょっと考えさせてください」

その夜、大口駅前の自宅に帰って、ジョンツ、叔父、母とで三者会談が催された。事業をやるという方向で、何をやるかいろんな案が出たが、簡単には決まらず、結論が出たのは数日後のことだった。

決め手となったのは、母慶蘭の、

「私は一生に一度でいいからパチンコをやってみたい」

という強い思いであった。市ヶ尾の当地にパチンコホールを出店しようということになったのである。

母は、多くの在日同胞がパチンコに取り組んで成功しているのを目のあたりにして、昔から興味を持っていたと言うのだ。

「母ちゃん、あそこじゃパチンコなんて難しいよ。辺鄙《へんぴ》で何もないところだから、客も入らないと思うよ」

最初はジョンツが反対したのも無理なかった。最寄りの駅といっても、田園都市線市ヶ尾駅からも遠く離れた郊外の高級住宅地。交通の便も悪く、人口も少なかった。

「二百坪という土地も狭すぎるよ。パチンコ台だって三百台ぐらいしか置けないし、広い駐車場も作れないんだから。せめて、十倍の坪数がなきゃ郊外店は無理だね」

「いや、私がどうしてもやってみたい。やりたいのよ」

母は頑固だった。

「しょうがねぇなあ、母ちゃんは。亥《いのしし》年生まれの猪突猛進型なんだから」

ジョンツは苦笑した。パチンコ業への関心は薄く、正直言って、あんまり気乗りしなかった。が、母が強く望んでいるのであれば、それを聞いてやるのは子として当然のつとめであった。

そもそもこの青葉区市ヶ尾の二百坪の土地を取得できたのも、偶然の産物だった。それまで一家が営んでいた釣り堀と焼き肉屋の場所（横浜市港南区上大岡）が、横浜市による道路拡張で店が強制撤去されることになり、その代替として与えられた土地が市ヶ尾であったのだ。

「万魚園」という釣り堀も、母が営む焼き肉店も閉めざるを得なくなったのだが、ともに長い間続けてきた店だった。

この釣り堀を始めるに当たっては、面白いいきさつがあった。

それは横浜線大口駅前の自宅兼工場で、鉄屑兼解体業に取り組みだした時分のことだった。最初の「天竜シトロン」という炭酸飲料メーカーが潰れ、次にチャレンジしたダンボール製造販売会社「大本紙器」も倒産し、「もうこれしかない」と背水の陣を敷いて始めたスクラップ業であった。ダンボール業で失敗した借金もだいぶあって、再興は楽ではなかった。

そんななか、まるで大本家の救世主のように現われた一人の青年がいた。

彼はSと言い、誰の紹介もなく、独り、飛び込みで大口駅前の大本邸を訪ねてきたのだ。

実はこのS氏、後に（数十年後のことだが）日本の首相となる人物の従兄弟で、顔もそっくりだった。もとよりこの時分は、そんなことは誰にも想像さえできなかった。

Sは応待したジョンツに用件を述べた。

「おたく様のここの空いている土地、貸していただくわけには参りませんでしょうか？」

「はあ、何をやられるんですか」

「ええ、実は釣り堀をやろうと計画しておるんです」

「釣り堀って？　あの魚の……それって儲かるんですか？」

「ええ、いまはブームになってますからね。ここでしたら、駅前ですし、間違いなく当たると

……」

「へえ、そうなんだ。けど、まあ、ここの土地を貸すわけにはいきませんが、どうです？　土地

は提供しますから、その釣り堀、うちとノリでやりませんか？」

土地をタダで貸すから、共同経営しないか——と、ジョンツは逆提案したのだ。

すると、Ｓはそのことも想定内であったのか、

「ああ、それ、いいですね。ぜひ、やらせてください」

即断即決したのだった。

実際に共同経営者としてつきあってみても、Ｓは実に気持ちのいい男で、何よりも驚くほどの働き者であった。とにかくジッとしているのが嫌いな性分と見え、つねに率先して動きまわるような経営者だった。

さっそく大口駅前の大本家の土地の一角に釣り堀用の人工池の造営工事が始まり、完成させると、万魚園と名づけてオープンした。

釣り堀経営のノウハウを知るＳの働きもあって、万魚園には客が引きも切らず押し寄せた。Ｓの目論見通り、大口駅前の釣り堀は大当たりし、数年後には、大本家がダンボール業で拵えた借金もきれいさっぱり返済することができたのだった。

2

その勢いを駆って、横浜市港区上大岡に新たに開設したのが、万魚園二号店であったのだ。

同店も繁盛し、間もなくして大口の一号店を閉め、上大岡店だけに専念することになる。が、数年続けていくうちに、釣り堀ブームも陰りが見えだした。徐々に人気も下火になりだしたところ、出てきたのが、横浜市による万魚園周辺の道路拡張構想であった。

それに伴って、万魚園は同地で母の営む焼き肉店ともども強制撤去の対象となり、代替地として提供されたのが、横浜市青葉区市ケ尾の二百坪の土地であったわけだ。

市ケ尾のそこは、誰が見ても、パチンコホールを開業するのに適した場所とは思えなかった。繁華街からは遠く離れた郊外の何もないところで、土地も狭かった。

だが、「パチンコ店を経営したい」という母の思いは強く、それに応えてジョンツがやると決断した以上、やるより他なかった。

店名を、太陽を意味する「サン」と叔父の勝利が命名したのも、場所の暗いマイナスイメージを払拭したかったからだった。もっと言えば、サンなら二文字で、ネオンサインの看板代も安く済むだろうとのセコい考えもあった。

ところが、三億もの大金をかけて建物を建て、三百台のパチンコ機器を導入し、いつでも開店できるよう準備万端調えたものの、肝心の警察からの営業許可が出なかった。

調整区域になっていたためで、これにはジョンツも、

「パチンコ店以外の事業は行いません」

との念書まで書かせることで、お墨付きをくれた区役所に対して、

「話が違うじゃないか」

と異議申し立てせずにはいられなかった。

結局、警察と区役所に何度も掛け合った末に、営業許可が降りるまで半年の期間を要したのだった。

ただし、条件がついて、警察がジョンツに申し渡したのは、

「あんたが社長となってパチンコ店を経営すること。その代わり、一回でも事故を起こしたら、営業許可は取り消す」

というものだった。

そこには懲役こそないものの、何度も警察の厄介になって前科前歴のある身のジョンツのこと、どうせそのうち必ずや何かやらかすだろう、問題を起こすだろう——との警察の思惑があったのは明らかだった。その腹はジョンツにも容易に見てとれたのである。

何にせよ、そんな紆余曲折を経て、パチンコホール「サン」はどうにかオープンにまでこぎつ

けることができたのだった。

二月のオープンを目前にして、ジョンツが「サン」に顔を出してみると、従業員が店の前の雪かきに勤《いそ》しんでいた。それが女子従業員であったから、黙って側で見ている男子従業員に対し、ジョンツが、

「おい、そういうのは、男のおまえがやる仕事だろ」

と注意すると、

「そんなの関係ねえだろ」

と口応えして、横向いている。社長とわかっている相手に、ポケットに手を突っこんだままタメ口である。

その態度の悪さに、ジョンツは驚いた。

〈おいおい、いくらなんでも、こりゃひどいな。誰だ、こんなのを雇ったのは？　よっぽど人がいなかったんだな〉

ジョンツは先が思いやられて暗澹《あんたん》とした気持ちになった。が、嘆いてばかりもいられなかった。従業員集めを、ほとんど叔父の勝利や身内に任せて、自分はタッチしなかったのだから、文句を言えた筋合いではなかった

見ていると、その男はとりわけひどく、店の湯を使っても出しっ放し、麻雀や競艇にうつつを

抜かして遅刻やサボリは常習、躰に彫り物を入れていることまで匂わせ、他の従業員を威圧していた。要はヤクザにもカタギにもなりきれないハンパ野郎だった。

ジョンツがこのヤローと思っても、殴るわけにはいかないし、口で言っても効き目があるとは思えなかった。

始末が悪いことに、そいつはジョンツを何者とも知らないから、舐めきっていて口の利きかたも知らなかった。

さて、どうしたものかとジョンツが思案していると、そんな折、昔の不良仲間の現役のヤクザ者から、

「ジョンツさん、今度、うちで島津ゆたかのディナーショーをやりますから、来てくださいよ」

との誘いがあった。ジョンツは、

〈ああ、ちょうどいいな〉

と、そいつを連れて行くことにした。

「いや、オレはそんなところには行かないよ。服もないし……」

と尻ごみする男を、ジョンツは、

「心配いらないよ。オレのスエードの上着貸してやんから」

と強引に引っ張っていった。

二人で伊勢佐木町のナイトクラブに赴くと、店の前で屯していた見るからにヤクザ者とわかる連中が、

「ああ、これはジョンツさん、どうぞこちらへ」

と下にもおかない態度で出迎え、席まで案内してくれるのだ。テーブルもステージに最も近い特等席だった。

これにはハンパ従業員も、目を丸くして唖然とした顔になっている。ジョンツの隣りの席に腰をおろしても、心ここにあらず、落ち着かないふうだ。

ナイトクラブの華やかな雰囲気も、絢爛《けんらん》たるステージ、あでやかな美人ホステスたちも、彼にはいっこうに目に入らぬ様子で、ただただ、

〈いったい、うちの社長は何者なんだろ？〉

ということしか頭にないようだった。

あまつさえ、ジョンツが煙草を取りだし、口に咥えると、すかさず火を点けてくれようとするから、ジョンツは苦笑し、

「そんなことしなくていいよ」

と言っても、男は固まったまま、

「いえ、失礼します」

といままでの態度とはガラリと違う神妙さだった。あまりの変わりように、ジョンツも、
〈ああ、こいつはダメだな。ちっとは骨のある男かと思ったら、とんでもなかった。どっちにしろ、使えないな〉
と失望し、見切りをつけた。
案の定、この男が「サン」から消えたのは、その二日後のことだった。

3

「サン」を開店させたジョンツにとって、敵はそうした不良従業員という内なる敵ばかりではなかった。

パチンコのおいしい利権を求めて爪を伸ばしてくる外敵の存在もあり、厄介なのはむしろそっちのほうだった。

ある日曜日の朝のこと、徹夜麻雀明けの寝入りバナを、けたたましい電話のベルの音で起こされたジョンツ、受話器をとると、

「――社長、大変です！」

いきなり切迫した声が、耳に飛びこんできた。「サン」のマネージャーだった。

「何だ、どうした？」

眠い目をこすりながら、ジョンツが訊ねると、

「何か変なのが店に大勢来て、パチンコのシマを押さえちゃってるんですよ」

マネージャーが言うのに、どうせ、どっかのヤクザだろ――と、ジョンツもピンと来て、眠気も吹っ飛んだ。

「よし、わかった。すぐ行く」

ジョンツが店に駆けつけると、相手は六、七人のメンバーだった。連中は一つのシマ――およそ二十台のパチンコ台を全部占領していた。玉を台に置いてはいても、打っている者は誰もいなかった。

ジョンツは一同を見渡して、

「おまえら、打たないんだったら、帰ってくれないか。他のお客さんの邪魔だから。玉も引きあげさせてもらうよ」

と言い、従業員を呼んで、

「おい、ここのシマの玉、全部取り出せ！」

と命じた。

「何だ、このヤロー！　ふざけやがって！　てめえが社長か⁉」

連中がいきりたち、いまにも摑みかからんばかりに詰め寄ってきた。

すると、その中の一人がジョンツに気づいて、

「あっ、ジョンツさんじゃないですか」

と声をかけてきた。

「ん？　何だ、町山じゃないか。おまえ、いつからヤクザやってんだ？」

ジョンツが昔からよく知る相手だった。

「はあ、それよりこの店はジョンツさんの？……」

「ああ、オレの店だよ」

「えっ、そうなんですか」

町山が決まり悪そうな顔になり、他の連中も、調子の狂ったシラけたような面持ちになっている。

「町山、おまえ、ここへ何しに来たんだ⁉」

ジョンツが迫ると、町山は、

「あっ、いや、その、実は……」

タジタジになっている。それを見て、他のリーダー格の者が、苦りきった顔をして、

「おい、町山、おまえの知りあいか何か知らんが、関係ねえだろ。おい、社長、オレたちも客だぜ。このヤロー、客を追い出すとはどういう了見だ⁉」

従来の目的を思い出したように、店へのいちゃもんを再開しだした。

「いや、兄貴、ちょっとここはまずいっすよ」

「うるせえ！　そんなの知るか！　町山、おまえ、どいてろよ！」

今度は仲間うちで揉めだした。

ジョンツも手を出したら最後、店が即閉鎖となることは身に沁みて承知していた。警察もそれを見越して特例で営業許可を出したのだ。

意地でも警察の思うツボにははまるわけにはいかず、

「おい、こら、社長、てめえ、どうなんだ！　カタギのくせに態度でかいんじゃねえか！」

そんな彼らの挑発にも、ジョンツは必死に耐えた。何を言われても、柳に風と聞き流すことにしたのだ。

挑発に乗ってこないジョンツに、相手も焦《じ》れたのか、手応えなしと見たのか、ひとしきりワーワー騒ぐと、それ以上のことをやろうとはしなかった。いわば、この日は予告を兼ねた顔見せ興行みたいなものであったのだろう。

「おお、社長、今日のところはおとなしく帰ってやるけどよ、いずれ、このオトシマエはつけてもらうからな。覚えてろ」

捨て科白を吐き、占領台のパチンコ玉を全部店内にバラ撒いて、置き土産としたのだった。

「このヤロー！」

強気な従業員が、その背に怒りをぶつけたが、

「よせ、よせ、あんなヤツら、相手にするな」

ジョンツが止めた。

「けど、社長、あいつら、また来ますよ。どうするんですか」

「オレがきっちり話をつけるから、おまえら心配することない」

パチンコホールを始めるにあたって、ジョンツはヤクザとは一切関わりあいを持つ気はなかった。ヤクザでも昔の仲間や友人が遊びに来るのは別にして、見かじめ料とか景品買いなどをやらせるつもりも毛頭なかった。

〈さて、どうしたものかな？……向こうの狙いは予想がつくけど、まあ、何にせよ、出方を待つしかないな〉

ジョンツも手の打ちようがなかったので、とりあえずどこの組織なのか、調べてみることにした。横浜の裏社会にも顔の広いジョンツのこと、かつての仲間や友人等にリサーチした結果、判明したのは、「サン」のある市ケ尾からも程近いところに事務所を置く一和会系の枝組織で、五

嶋某率いる五嶋組ということだった。

「五嶋？　知らないな……。一和会だって？　だいたい横浜に一和会の枝があるなんて話、聞いたことないぞ」

ジョンツは首を捻った。

一和会というのは、前年の昭和五十九年、日本最大ヤクザ組織である山口組の四代目竹中正久組長誕生に伴なって、これを不服として山口組を出た山本広元組長代行派が大同団結し興した組織だった。

この年——昭和六十年一月二十六日、。一和会ヒットマンによって竹中四代目が射殺されたことに端を発し、山口組と一和会との間で世にいう山一抗争が勃発、関西を中心に両者の血で血を洗う抗争が繰り広げられていた。

「一和会っていうのは本当なのか？……まあ、どこにせよ、連中がヤクザであるのは間違いないわけだな」

ジョンツは肚を括ったが、よりによって、昔、可愛いがっていた町山が何でその組にいるのか、ジョンツにはまるで解せなかった。

数日後、その町山からジョンツに電話が入り、

「五嶋が会いたいと申しております」

とのことで、「サン」の近くの「花政」という寿司屋に席を設けたという。

ジョンツにすれば、おいでなすったなというようなもので、逃げる気はみじんもなく、勝負する肚だったから、

「わかった。行くよ」

性根を据えて応えた。

4

「花政」はジョンツの馴染みの店でもあった。店主が日体大荏原高校の後輩だったからだ。

当日夕、ジョンツが「花政」に赴くと、店の表には五嶋組の連中が立っていた。その中に町山の姿もあり、彼から、

「ジョンツさん、奥の座敷です」

と案内されたが、ジョンツは冷笑で応え、店へと入っていく。

座敷には五嶋の他、二人の幹部らしき男が座っていた。

「あっ、これは社長、お呼びだてして」

派手なスーツを着た五嶋は、いかにも酷薄《こくはく》そうな油断のならない顔をしていた。

ジョンツが座るなり、相手が、

「まあ、一杯どうですか」……

ビールを注ごうとするのを、

「いや、いまはやめてますんで」

と断ったうえで、

「で、御用件というのは何でしょうか」

ジョンツはズバリ切り出した。

「いやあ、社長はせっかちですなあ。そうストレートに来られるとは……私のほうは社長とお近づきになりたいと思ってるだけでしてね、この間のお詫びを兼ねて、と……」

見えすいたことを言う五嶋に対し、ジョンツはにべもなく、

「あいにくだが、私はヤクザが嫌いなんですわ」

と切り返した。

「何だと！　このヤロー！」

五嶋の隣りに座る幹部二人が激昂し、腰を浮かしかけた。

それを五嶋が手で制し、

「やめるんだ、おまえたち」

と叱りつけ、ジョンツに笑みを見せた。

「これはなんとも、はっきりした人だ。じゃあ、こっちも気どったことを言ってても始まらねえ。単刀直入に言わしてもらおうじゃねえか」

「……」

「おたくのパチンコの換金をうちでやらしてもらいたいんだ。お願いできるかな」

「景品買いか。どうせ、そんなこったろうと思ったよ。オレの答えは、ノーだ」

「ほう！……」

五嶋は信じられないというように目を見開き、二人の幹部が叫び目を剥いて、

「てめえ！　舐めてんのか！」

とジョンツを威嚇する。

「あんたたちに換金をやらせるわけにはいかねえよ。カタギの人間がカタギの事業をやってるんだからな」

「フン、パチンコがカタギの商売だって言うのかい」

「オレはそう思ってるよ。昔ならいざ知らず、いまやパチンコは一般庶民に夢や憩いを提供する

立派な娯楽産業だ。少なくともオレの店だけは、ヤクザには関わらせるわけにはいかない。それがオレの信念、主義だ」

「けっ、てめえだって、カタギヅラしてるけど、ヤクザみたいなもんじゃねえのか」

「オレはいまだかつて誰からも盃をもらったことはないし、生まれてこのかた、ただの一度も、どこの看板も背負《しょ》ったことはないよ」

「面白《おもしれ》え！　その正真正銘のカタギが、オレたちと勝負しようってんだな。てめえ、いい度胸してるじゃないか」

「五嶋さんと言ったかな……」

ジョンツは正座に改まると、テーブル越しに五嶋をハシッと見据えた。

「オレはこのパチンコの事業に命を懸けてるんだ。母親の夢でもあるからな。それをあわよくば、シノギのひとつにして甘い汁にありつこうなんて考えてるあんたたちとは、わけが違うんだ。オレが命を懸けてるという証しを、いま、お見せしようじゃないか」

そう言うと、ジョンツは大きく拍手を打って、店の者を呼んだ。

すぐに店主が駆けつけてきて、「失礼します」と座敷に顔を出した。

「先輩、何か？」

「おお、政、悪いな。ちょっと包丁を持ってきてくれ」

店の緊迫した空気を気にも留めず、ジョンツの後輩の店主は、

「へい、ただいま」

と引っ込んで、すぐに柳刃包丁を持って戻ってきた。

店主からそれを受けとったジョンツ、五嶋に向き直ると、包丁の柄のほうを相手に向けて差し出すようにして、

「五嶋さんよ、あんた、そんなにオレの店でシノギをしたいんなら、これでオレを刺してからやってくれよ」

「……！」

「さあ、刺せ！」

「……」

五嶋と二人の幹部は固まったまま、身動きもままならなかった。

両者が睨みあったまま時が止まること数秒、その場の沈黙を破ったのは、五嶋の、

「ウワッハッハッハッ」

という哄笑であった。

「いい根性してんじゃないか。大本さん、そんな物騒なもん、早く仕舞ってくれよ。これからいいつきあいをして行こうじゃないの」

本人は貫禄を見せたつもりでいるのかも知らないが、ジョンツにはいかにも見え透いた所作にしか見えなかった。

「今後ともよろしく頼むわ」

五嶋が言うのに、ジョンツも、

「ああ、こっちこそ」

と返し、その日は何事もなく別れた。

次に両者が顔を合わせたのは、小机の「ワインレッド」というスナックで、ここでは別に何の問題も起きなかった。

一緒に仲良く酒を飲んだだけなのだが、ジョンツにすれば、それはうわべだけのもので、決して友好的とは言えなかった。腹を割って話せる相手ではなく、いつ本性を剥きだしにしてくるのか、油断のならなさがどこまでもつきまとう男が、五嶋であった。

五嶋は、二度目には、

「まあ、いいつきあいをしましょ――」

とジョンツに言ったが、その眼は少しも笑っていないのだ。

信用できねえ男だな――ジョンツの思いはそこに尽きた。

それからしばらくして、五嶋の若い衆から、

「親父がお会いしたいそうです。うちの事務所に来てもらえませんか」

と連絡があり、ジョンツは夕方、佐江戸の五嶋組事務所に赴いた。が、五嶋は外出中で、待てど暮らせど帰ってこなかった。

一時間半くらい経ったとき、ジョンツはシビれを切らし、

「人を呼び出しといて、どうなってんだ？　オレは帰るぞ」

と腰をあげかけたとき、五嶋の企業舎弟のような不動産屋が現われ、

「すいません。お待たせして。親方、急用できまして、間もなく来られるとのことで、その間、私がお相手するよう申しつかっておりますので、さあ、参りましょ」

と彼が車でジョンツを案内したのは、中山のスナックだった。知っている店らしく、まだオープン前なのに無理に開けさせて入店、ジョンツは一番奥の席に案内された。

その企業舎弟の他に、店には五嶋組の若い衆が三人付いた。その中に町山の姿もあった。

「いらっしゃいませ」

店のママがウイスキーのボトルやアイスペル、グラスやらを運んできた。

だが、この店にも、五嶋はなかなか現われなかった。店の女の子も、まだ誰も出勤しておらず、企業舎弟がジョンツの相手をしてくれるのだが、これまた海千山千の夕ヌキ親父風で、とてもまともな事業家には見えなかった。

「あんたはカタギなの？　それとも組の相談役なのかい？」

ジョンツが皮肉っぽく聞いても、

「御冗談を。私は善良な市民。カタギの不動産屋ですよ」

当時はまだ「企業舎弟」も「フロント」という言葉も使われていなかった時代だ。

「ふ〜ん、善良ねえ。善良の基準も最近はだいぶ変わったようだな」

「大本さんもお人が悪い」さすがに苦い顔をしている。

ジョンツはこの不動産屋をひそかにタヌキと呼んだ。口を利くのも嫌なタイプの人間だった。

それきり黙って水割りを飲むしかなく、退屈な時間が過ぎていく。なかなか姿を見せない五嶋に、ジョンツも次第にイライラを増してきた。

〈けっ、カッコつけやがって……ゴロツキが何様のつもりでいやがるんだ……〉

5

不動産屋のタヌキのほうも、所在なげに時間をもてあましているふうだった。何度も腕時計を見ては、「遅いな」などとつぶやいている。

そのうちに思い立ったように、ジョンツに断って席を立ち、店の入り口のほうに歩いて行った。

タヌキに指示されたのか、町山がジョンツの席にやってきて、

「お注ぎします」

とウイスキーの水割りを作りだした。

あとの二人の五嶋の若い衆は、入り口に近い席を陣どって、見張り役をつとめていた。

その近くに置かれた赤電話を使って、タヌキがどこかに電話をかけている。まだ携帯電話のなかった時代であった。

そのころになると、ようやく店の女の子も一人、二人と出勤してきて、ママに挨拶している。

ジョンツは町山に、

「オレのことはいいから、あっちに行ってろよ」

と言って追いやり、一人、黙然とグラスを口にしていた。と、タヌキの電話の声がとぎれとぎれに聞こえてきた。

「……ええ、それは……あそこは……」

聞くともなしに聞いているうちに、聞き捨てにならないタヌキの科白が耳に入ってきた。

「……じゃあ、『サン』はオレがもらうから……」

聞いた瞬間、ジョンツは血が逆流する思いがした。

「あのヤロー……」憤怒が胸の底から立ち昇ってくる。

やがて電話を終えたタヌキが、何食わぬ顔でジョンツのテーブルに戻ってきた。

「親方、間もなく来ますから」

あくまで知らぬ顔を決めて、ジョンツに報告すると、

「すっとぼけやがって！」

「はあ？……」

「このヤロー、わざとオレに聞こえるように電話してたんじゃねえのか」

「何のことです？」

「てめえ、『サン』て、オレのパチンコの店のことだろ。『サン』をもらうだと⁉　ふざけやがって！」

「……」

「てめえら、さっきからオレを呼び出して、こんな監禁みたいな真似しやがって……舐めてんじゃねえぞ！」

「……誤解ですよ、大本さん」

「うるせえ！　オレは帰るよ」

ジョンツは立ちあがった。さっさと店の入り口に向かう。立ちはだかる若い衆はなく、三人とも何が起こったのかわからぬという顔になっている。

町山が、

「送りますよ、ジョンツさん」

と言うのを、

「うるせえ!」

ジョンツは怒鳴って、荒々しく店を飛び出した。

それは宣戦布告にも似た所作であったろう。

翌日からジョンツは、五嶋たちの逆襲を覚悟した。大挙して「サン」に乗りこんできて、またぞろ店への嫌がらせを開始するのか。それともジョンツを痛めつけるべく攫いにくるのか。

いずれにせよ、このまま黙って手をこまねいているような輩でないことだけははっきりしていた。

果たしてどんな手を使ってくるのか。正攻法で攻めてくればいいけど、あの男のことだ、さぞや汚い手口を行使し、何やら仕掛けてくるのではないか。

ジョンツにも予測がつかなかった。

だが、上等だ。いつでも来やがれ!——と、肚を括ったジョンツに対し、彼らはいっこうに動きを見せなかった。

〈おかしいな。あいつら、いったいどうなってんだ？　ジラシ戦法か？　そうでなければ、こっちが白旗を掲げてやってくるとでも思っているのか……冗談じゃないぞ〉

拍子抜けしながらも警戒心をそのままに、五嶋組の反応を待ち構えていたジョンツに、テレビが衝撃的なニュースを伝えたのは、それから間もなくのことだった。

なんと五嶋が地元の元暴力団員によって襲撃され、刃物で斬殺されたというのだ。

これにはジョンツも驚きの声をあげずにはいられなかった。

「え？　何でだ⁉　山一抗争じゃないのか……」

襲撃者は山口組関係者ではなく、以前から五嶋に怨恨を抱いていた者の仕業という。

二度ばかり五嶋と酒食をともにしただけのジョンツにも、感慨深いものがあった。

〈うちのような小っちゃなパチンコ屋を相手にしてる場合じゃなかったってことだな。やはり無理押しは禁物。仏さんには悪いが、これで、うちとの戦いもお終い、決着がついたってわけだな……〉

事態はジョンツの予測通りに動いた。頭を失った五嶋組は一挙に力を失って、間もなくして組もバラバラになり、解散のやむなきに至ったのだ。

だが、ジョンツの経営するパチンコホール「サン」は客が入らず、ガラガラの状態が続いて、なかなか上昇気流に乗れなかった。

そうした状況であったから、店内で目立つのは悪さする客ばかりだった。いくらパチンコのことを何も知らずにやり始めたジョンツといえど、毎日店に出ていれば、挙動不審な客の見分けぐらいはついたのだ。

ある日、そんな連中に目を止めたジョンツが、従業員に、

「おい、あいつら、パチンコ玉も打たないで帳面つけて何やってるんだ？」

と聞くと、

「はあ、彼らはグループで、このところ毎日来てますよ」

との返事だった。他の者に当たって調べてみると、錦織というリーダー役が、大学生とか若い子の打ち子役を四、五人使って、スロットマシンの目を教えているようなのだった。

「おかしいな。何かやってるな。どこのヤツなんだ？」

「本人は、熱海から来てる稲川会の者だって吹聴してますよ」

「よし、わかった」

ジョンツはただちに行動を起こし、錦織に近づくや、

「ちょっといいかな」

「おお、何だよ」錦織は警戒し、身構えた。

「おたく、熱海方面の稲川会だそうだけど、オレも横浜にゃ稲川会の知りあいいっぱいいるんでね」

「……」

「どうだい、せっかくだから、いろんな人間紹介してやるよ。顔繋いでやっていけばいいじゃん」

「……そいつはいいな」

二人はその場で、彼らと会う日にちと場所を決めた。が、ジョンツはこの時点で、錦織が騙りであることを見抜いていた。

案の定、錦織は翌日から「サン」には来なくなった。

6

ジョンツは従業員にも恵まれなかった。ほとんどは従業員の募集に応募してきた連中なのだが、その悉くが不真面目、無責任、怠惰という有様で、質が良くなかった。

初代マネージャーを任せた男にしてからが、店のオープン直前、人手が足りず、

「じゃあ、ちょっと私が従業員を探してきます」

と言って出かけたのはよかったが、そのまま店に戻らず、オープンの日にも顔を出さなかった

と言うツワ者である。

とんだ不良従業員もあったもので、このマネージャーともう一人の従業員が組んで、長い間不逞行為を働いていたことにも、ジョンツは気づかなかった。

パチンコやスロット機器のキーを預かる二人、ジョンツの眼を盗んでコンピューターを不正操作し、店の売りあげ金を抜きとっていたのだ。パチンコにまるで無知なジョンツは、数年にわたって二人にいいようにやられていたのだった。

それでも長いことパチンコホールをやっていれば、嫌でも何やら尋常ならざることに気づいてくるものだ。ジョンツの場合は、それが少しばかり遅かった。

「店の売りあげ金もあわないし、何かおかしいな」

とジョンツがはっきり意識したのは、オープン三年目くらいのときだった。

パソコン機器の技術屋を店に呼んで、台を開けコンピューターを調べさせていると、彼は、

「ここの配線、触っちゃいけないとこなのに、しょっちゅう触ってる形跡がありますね」

と言い、ジョンツに、

「ほら、この赤い線と白い線、かなり汚れてるでしょ」

と指し示すので、さすがにジョンツもピンと来た。張本人のマネージャーと従業員を呼びつけ、二人にその証拠を見せつけると、

「おまえら、とんでもないことをやってくれたな。これ、鍵を持っているおまえらしかできない仕業だよ。どうやって言い逃れするんだ、ん？」

二人は三年間にわたって、およそ四千万円近いカネを抜きとっていたのだった。

「このヤロー、鶴見川に沈めてやろうか！」

ジョンツの怒声に、二人は真っ青な顔になった。

「すみませんでした！」

二人は生きた心地もなく、深々と頭を下げた。

「バカヤロ、すみませんでしたで済んだら、警察はいらないんだ。……まあ、いい。おまえら、クビだ。もうこの業界には戻ってこれねえからな」

「はいっ！　すみません！」

彼らからは、クビだけで済んだことで、むしろホッとしている様子が見てとれた。

ジョンツはこんな従業員を三年も雇い続けていた己のマヌケさかげんが、つくづく嫌になった。むろんまともで真面目な従業員がいたのも事実だが、内部のそうした体たらくに加えて、「サン」は相変わらず客も入らなかった。パチンコ業へのジョンツのモチベーションも下がりっ放しで、ヤル気を失い、店の売り上げ金で飲みに行ったり、麻雀に明け暮れる日々が続いた。

オープンして二年目に入ったころには、「サン」はいつ潰れてもおかしくない状況になっていた。

母の慶蘭がいきなりジョンツを訪ねてきたのは、ちょうどそんな折だった。

「あんたも大変だねえ。もとはと言えば、みんなの反対を押しきって、私がやりたいって言い出して始めたパチンコ業だからね。私も責任を感じてるよ」

「いや、そんなことない。すべてはオレの至らなさだよ」

「まあ、これを遣いな。うちの全財産。うちはこれで破産だから」

慶蘭がジョンツのために持参してきたのは、五千万円もの大金だった。

「――母ちゃん、そんな……いいよ。大丈夫だから」

「いいんだよ。遣いな」

「……」

「おまえが頑張ればいいんだから」

「……わかったよ。母ちゃん、ありがたく遣わせてもらうよ」

ジョンツがヤル気を出し、本腰を入れてパチンコに取り組みだしたのは、このときからである。

まず従業員の意識改革から始めることにして、彼らに対しジョンツは、客には真心をこめて接し、サービスを徹底するよう指示した。

「お客さんが入店してきたら、つねに『いらっしゃいませ』『おはようございます』と挨拶しなさい」

と命じ、その通り実行させたから、これには客のほうがビックリした。従業員が「いらっしゃいませ」などと挨拶するようなパチンコホールは、当時はあまりなかったからだ。

さらにジョンツは、

「お客さんにはマンツーマンで付くぐらいの姿勢で接しなさい。お客が何を欲しているのか、つねに把握し頭に入れて行動し、玉が満杯になって新しい箱を求めているのであれば、ボタンを押すより早く駆けつけ箱を用意すること。玉が釘に引っかかっているというなら、そこだけでなく、他の穴にも二つ三つ、玉を入れてやること」

と言い、そうしたサービスを従業員に徹底させたのだ。

皮肉なことに、マンツーマンサービスが実現したのは、従業員数と同じくらいの客しかいなかったからで、ジョンツも苦笑を禁じ得なかった。

それでも腐らず、自転車で来る客があれば、店の表に駐輪中のそれを、社長のジョンツ自らがピカピカに磨きあげてきれいにすることもあった。暇だからやれることだったのだが。

その客はさんざんおカネをスッて帰るハメになり、

「またどうぞお越しください」

と従業員に声をかけられても、

「けっ、誰が来るかよ」

毒づいて店を出るのだが、自分の自転車がきれいになっているのにビックリし、

「あれっ、ピカピカじゃないか」

と機嫌を直したものだ。

そのうちに、地元の大金持ちの地主たちが、小さい子どもや孫を連れて遊びに来るようになった。大人たちがパチンコ台と向きあっている間、子どもたちと遊んでやり、その面倒を見たのが店の従業員であった。

彼らは保育園さながらに子どもの世話をしたから、親たちも安心して遊ぶことができたのだ。すると、口コミで、

「あそこはいいや。子どもを連れて行っても面倒見てくれるから。大丈夫だ」

と噂が広がって、彼らの知人や親戚中が来るようになった（むろん本来は子どもは入店禁止なのだが）。

そうやって閑古鳥が鳴いていた店も、いつしか客が目に見えて増えていったのだった。

7

もし、最初から、代替地の横浜・市ケ尾においてパチンコホールを開業するという発想があったなら、もっと早くからまわりの土地を入手すべく動いていただろうに……

ジョンツには、そのことが悔やまれてならなかった。なにしろ、二百坪という狭い土地ゆえに、わずか十一台分の駐車場スペースしか設置できず、「サン」のような郊外型パチンコホールでは、これが集客上のネックというか、致命傷ともなったのだ。

ジョンツはそのための努力も惜しまなかった。店の駐車場としてまわりの空き地を借りることになったのだが、草ボーボーのところやヘドロ状態であったり、荒れ地も少なくなかった。

三十四台駐車できる隣接地は凸凹が激しく整地するのに苦労したが、地主には一台分二万円の借り賃で、毎月六十八万円をきちんと支払い続けた。

そこは電機関連メーカーの社長が地主で、敷地内には研究所とテニスコートもあった。

その研究所員と親しくなったジョンツは、彼から、

「大本さん、ここのテニス場、土、日は空くので、そちらの駐車場として使っていいですよ」

と言われるようになるのだ。これはありがたい申し出で、ジョンツは盆暮れには社長に届け物

をして感謝の意を示した。

ところが、当の社長は土、日のテニス場の件はまったく知らないと見え、

「おたくにそんなことをしてもらういわれはありませんよ」

と言う。それだけに、なおさら研究所員の好意が身に沁みたのだった。ジョンツはかねがね社長に、

「あそこの土地、売るようなことがあったら、ぜひうちに売ってください」

と申し込んでいたのだが、その日は意外に早くやってきた。同社の工場が中国に移転することになったため、同地が売りに出され、

「じゃあ、買ってくれますか」

との社長の打診に、ジョンツはすぐさま応諾したのである。

雑草がボーボーと繁茂している隣接の畑を借りたときには、ジョンツたちはまず自ら草を刈ることから始めなければならなかった。

その畑の持ち主が、地元の大金持ちの大地主で、頑固な爺さんだった。同地を売ってくれないかというジョンツの申し出にも、

「オレが死んだら売ってもいいが、それまでは売らんよ」

と首をタテに振らなかったので、ついジョンツは、

「いつ死ぬんですか」

と失言してしまった。爺さんは、

「このヤロー！　言うに事欠いて……」

顔を真っ赤にして怒ったが、そんなジョンツのストレートさが気に入ったのか、後には店にも遊びに来るようになった。

ヘドロが溜まったところは生コンを入れて整地し、高速道路の脚元の側溝には鉄の蓋で覆うなど、店用の駐車場を設置するのに、ジョンツは悪戦苦闘した。

その結果、百台を越える車が駐められるようになって、徐々にいい形ができあがって行ったのだった。

辺鄙な寂れた場所との認識しかなく、

「あそこでパチンコホールがやっていけるわけがない」

と見られていた市ヶ尾の周辺の環境もガラッと変わって、開けていく兆しが見えつつあった。

「サン」の近くを鶴見川が流れていて、ジョンツはつねづね、

「ああ、川のあそこに橋があったらなあ。自力で掛けちゃいたいくらいだよ」

と渇望していたのだが、その願っていたあたりにお誂え向きの橋が掛かり、おまけに東名高速道路に通じるインターも完成したのだから僥倖というしかなかった。ジョンツにすれば、願った

り叶ったりであった。

また、挨拶や至れり尽せりのサービスの徹底など、従業員をきっちり指導し、自らも率先垂範して重ねてきた営業努力もようやく報われようとしていた。

客と従業員の数がほぼ同数という時代が嘘のように客もグンと増え、店も繁盛しだした。一日百万円だった売りあげも二百万円となり、三百万、四百万円と伸びていったのだ。

店側とすれば、一日百万円程度の売りあげだったときには、利益をとるため釘を締めて玉が出ないようにするしかなかった。

ジョンツは、不正をやらかした最初のマネージャーをクビにしたあと、技術を覚え自ら釘を叩くようになっていた。当然ながら、釘を締めれば、客からは、

「何だ、この店は出ないな」

と不評を買い、客足が遠のくという悪循環を生んだ。

百万円の売りあげが倍の二百万円ともなれば、釘を緩めることもできて、逆に、

「あの店は出るぞ」

と評判を呼び、店の人気上昇にも繋がったのだった。

そうやって、店の一日の売り上げが五百万円から六百万円にまで昇りつめたとき、初めてジョンツにも、

「やったぞ！」

という達成感があった。一日六百万円として、一カ月で一億八千万円、一年で二十一億六千万円の売りあげとなる。

そこまで行き着くのに、五年もの歳月を要したのだから、ジョンツは感無量であった。

〈……長かったよ、母ちゃん。パチンコなんてもう懲り懲りだ。二度とやるもんか、早いところやめてしまおうと何度思ったことか……石の上にも三年というけれど、オレの場合は五年だったなぁ……〉

よくぞ投げ出さずにここまで来れたものだ——との感慨は、ことさら深いものがあった。

「債鬼《さいき》を追っ払うことしか役に立たないと思っていたけど、あんたでもやるときはやるもんだねぇ」

辛口の母から褒められたことが、ジョンツには何よりうれしかった。

その母の意向で初めて取り組んだパチンコホール「サン」を軌道に乗せたジョンツが、二店目の「ニュープラザ」を群馬県伊勢崎市に出したのは平成元年、四十歳という不惑の年であった。

「オレが群馬に乗りこんで、必ずや向こうも成功させる。あとは頼んだぞ」

と「サン」を店長に託し、自ら群馬に出張って陣頭指揮を執ることになったのだ。

二年後の平成三年には、同じ群馬・伊勢崎に、三店目となるパチンコホール「マリーン」を出店、ジョンツの甚だ波瀾に富んだ人生は、ここからさらに上昇気流に乗っていく——

8

平成十一年春、横浜市泉区上飯田の千三百坪の土地に、五百台のマシンを設置したパチンコホール「プリーズ」（従業員三十人、駐車場六百台）をオープンさせたとき、ジョンツは五十歳の男盛りを迎えていた。

店名を「プリーズ」としたのは、ジョンツなりのこだわりがあった。

群馬・伊勢崎でおよそ十年間、二店のパチンコホールを経営してきて、彼は横浜と群馬を行ったり来たりする生活を続けてきた。

夜中に横浜から車を駆って群馬へ行くことも多かったが、その折、ジョンツがときどき目にしたのが三角屋根の二トントラックで、後ろに大きく「Ｐｒｅｓｓ」と書かれていた。

それが夜の高速道路をビュンビュン飛ばしていくものだから、ジョンツは、

「何だい、あのヤロー、プリーズ——どうぞと言いながら、ちっとも譲らず、すっ飛んで行きやがるな」

とひとりごちたりした。「Ｐｒｅｓｓ《プレス》」を「Ｐｌｅａｓｅ《プリーズ》」と読んでいたのだ。

ある夜、ジョンツはたまたま友人を車に乗せて群馬に行く機会があり、その「Ｐｒｅｓｓ」ト

ラックに遭遇したので、

「おい、あれ見ろよ。プリーズって言っておきながら、あんなに飛ばしてるぜ」

といつもの思いを口にすると、

「ジョンツ、あれはプリーズじゃなくてプレスだよ。新聞屋だ。新聞運搬トラックだろ」

友人に指摘され、そうか、プレスをプリーズと読んでたのか、オレは
と苦笑したものの、内心では穏やかではなかった。

〈あの「プリーズ」のヤロー、オレに恥をかかせやがって！〉

と、新聞運搬車を罵った。

その怒りのままに、横浜・上飯田の新規パチンコホールを「プリーズ」と名づけたのだった。

この新パチスロ店「プリーズ」は、オープン早々から人気を呼んで、やがて爆発的なヒットとなった。

ジョンツが同店に出勤したのはオープンした当初一ヵ月ほどで、その後はマネージャーに任せ、店にはあまり顔を出さなくなった。

好調との報告を受けて、マネージャーたる店長を信頼しきっていたことにもよるが、ジョンツ自身、十五年もパチンコ業をやってきて少々飽きが来ていたのかも知れない。

それでもたまに店を覗いてみると、その盛況ぶりは凄まじく、噂には聞いていても、改めて仰

天するような実態を目のあたりにした。

いつ行っても店は客がビッシリ入って大賑わい、ロック調の音楽が流れるなか、一心不乱にパチンコ台と格闘している者、玉を満杯に詰めた大箱を山のように積んで余裕綽々で打っている者もいた。

ジョンツが度胆を抜かれたのは、何十箱ものパチンコ玉を換金用の景品と替えているグループを見たときで、

「おい、あいつら見ろよ。ありゃ、どう見たって十万、二十万なんてもんじゃない。百万はくだらないんじゃないか。大丈夫か？　ゴト師と違うのか⁉」

と従業員に聞いてみると、彼は、

「いやあ、あんなの普通ですよ。稼いでるヤツはいますからね」

事もなげに答えたものだ。

ともあれ、店は当たった。評判が評判を呼び、客は地元の横浜ばかりか、神奈川の他の地域、あるいは東京、千葉、埼玉など県外からも押し寄せた。

店の前は、朝早くから午前十時の開店を待つ客で長蛇の列ができ、オープンと同時に店はいっぱいになった。

午後十一時の閉店になっても、帰らない客も出てきた。彼らは駐車場に陣どってバーベキュー

をしたり、そのままダンボールを敷いて居すわって、朝の開店を待つのだった。

そんな現象を生みだすほど「プリーズ」はよく出る店として有名になった。ジョンツにすれば、パチンコ業に取り組んで十五年、これほど初っ端からほとんど障害もなく順調に来て大当たりしたという店は、四店目にして初めてのことだった。

「プリーズ」の一日の売りあげが二千万円になったとき、かつてない快挙に、ジョンツは「よくぞここまで」との感慨があり、従業員一同に「大入り」の御祝儀を配ったものだ。

だが、勢いは止まらなかった。二千万円という数字さえ、瞬く間に突破して三千万円となり、さらに三千五百万円を超え、土、日には四千万円に至ったのだ。

ジョンツにはとても現実のこととは思えなかった。スタートとなった「サン」の時代、一日の売りあげは百万円というところからの出発であったのだ。それがいまや四十倍というのだから、何をか言わん。

「プリーズ」の月間売りあげが十億から十二億円、そして年間のそれは百億から百二十億円に達するまでの数字を弾き出していた。

それは一店舗のものとしては、神奈川県下でナンバーワンを意味した。ついにジョンツは横浜だけに留まらず、神奈川県下の売りあげナンバーワン、神奈川のパチンコ王となったのだった。

その勢いを駆って、「プリーズ」をオープンした翌年には、五店目となるパチンコホール「プリーズ遊」を同じ横浜市泉区に設立。

「プリーズ」ほどの大当たりとはならなかったものの、そこそこのヒットとなり、ジョンツはもはや飛ぶ鳥を落とす勢いで走り続けていた。

ところが、好事魔多し——の喩え通り、「プリーズ」を始めて二年近く経ったとき、とんだ落とし穴が待っていた。

ジョンツは「プリーズ」の店長とともに、同店のパチスロ機数十台に裏ロムを取りつけたとして、風適法（風俗営業等の規制及び業務の適正化等に関する法律）違反容疑で神奈川県警泉警察署に逮捕されたのである。

裏ロムというのは、パチンコ台に組みこまれた電子部品——ロムと言われるチップの正規のものではない裏チップのこと。読み込み専用メモリであるロムは、大当たりの抽選などをコントロールする、いわばパチンコの心臓部とされる。

「プリーズ」店長は、このロムを裏ロムに交換して大当たり率や出玉率を調整、ホールへの客付きを良くしていたというのだ。

裏ロム使用は台の不正操作であり、遊技機の無承認変更という風適法違反に当たった。

同違反容疑で逮捕された「プリーズ」店長は、警察の調べに対し、

「客を呼びこんで売りあげを伸ばすためにやったこと。社長は一切知らないし、関与もしていない」

と供述したが、ジョンツも同様の容疑で逮捕されたのだった。

もとよりジョンツにすれば、寝耳に水の話で、よもや「プリーズ」において、店長主導でそのようなことが行われていようとは知るよしもなかった。

いや、有体に言えば、まったく想像さえしたこともないと言ったのでは嘘になった。

かつては考えられなかったような客の押し寄せ方、爆発的なホールの人気を見て、「もしや……」との疑いを持ったことがあるのも事実だった。

だが、それはすぐに、

「まさか、うちがなあ……あり得ない」

と打ち消す体のものだった。

店長を信頼していたからだが、約一年半後、そのあり得べき事態が現実となり、自らも逮捕されるという憂き目を見たのは、さすがにジョンツもショックは隠せなかった。

おおかた、うちを妬んだ同業者の密告《タレコミ》があったんだろう——とは、ジョンツにも察しがついたことだが、泉署に二十二日間勾留され、捜査官から執拗に、

「いくら知らないと言っても、オーナーなんだから、それは通用しないよ」

と追求されても、

「知らないんだからしょうがない。オレは知ってたら知ってるとはっきり言いますよ。裏ロムな

んて、オレには与《あずか》り知らないことなんだから」

と突っ張ねるしかなかった。

「オレは店にも行かないし、だいたいパチンコにはまったく興味がないんだから」

とは、ジョンツの本音でもあった。

「おい、蒋、それは通らないぞ」と刑事。

いい加減うんざりするような応酬となったが、救いは、横浜地検の担当検事が頗るいい女で話せるインテリ女であったことだ。

検事調べでも、無粋な男たちと違って、彼女は潤いがあり、なかなかにサバけていた。

事件とは関係のない話題も振ってくるのだ。

ジョンツのファッションに目を止めて、

「蒋さんはおシャレですね」

などと言う。

「へえ、取調べでそんなこと言われたの、初めてだな。検事さんだっていいセンスしてますよ」

「それはどうもありがとう」

「このへん（横浜地検のある関内）で、お酒飲んだりすることあるんですか」

「私もたまには行きますよ」

「じゃあ、今度一緒にどうですか」

「いいですね。蒋さんに案内してもらおうかしら」

「任せてください」

「じゃあ、本題。今回の裏ロムの件、ホントにあなた、知らなかったの？」

「検事さん、オレは嘘だけはつかないよ。知ってたら知ってたと正直に言います。こればかりは本当に知らないんだ」

「……ふ〜ん」ジーッと、ジョンツの眼を見つめる女性検事は、妖しいほど美しかった。

その顔に見とれ、どぎまぎするジョンツに、彼女は厳そかに宣告した。

「まあ、いいでしょう。疑わしきは罰せず。今回だけは赦してあげましょ」

結局ジョンツは起訴猶予となり、二十二日間の勾留で釈放されたのだった。

だが、裏ロム仕掛け人の主謀者として風適法違反容疑で逮捕された店長は、起訴されて有罪判決（執行猶予）が降り、なおかつ「プリーズ」には百十五日間の営業停止処分が下った。

「えっ、そりゃパチンコ屋に死ねって言うのと同じことじゃないか！」

予想外の厳しい罰則に、ジョンツは頭を抱えた。

幸いにも「プリーズ」に続いて間もなくオープンさせた「プリーズ遊」が軌道に乗っていたこともあって、致命的な痛手にはならなかったが、大変な打撃を蒙ったのは間違いなかった。

百十五日間、およそ四カ月近い営業停止期間を経て、「プリーズ」は再開に至ったものの、店はすっかり評判を落とし、かつての隆盛は望むべくもなく、その勢いを取り戻すことはできなかった。

それでもジョンツは、なんとか踏んばってその苦境を乗りきった。「プリーズ」はその後も二十年にわたって黒字営業を続けたのである。

第五章　ハナのニライカナイ——一つのユートピアを求めて

1

「プリーズ」が年間売りあげ百億円を超え、神奈川ナンバーワンになったとはいっても、ジョンツには不思議とそれ以上の欲は湧いてこなかった。

なるほどパチンコを始めたばかりの時代のあの泥沼の中をあがくような試練の五年間を考えれば、その成功は夢のようであり、「やったぞ！」という感慨があったのは確かである。

だからといって、もっと大きな事業に乗り出そうとか、どでかい金儲けをしようという発想は、彼には皆無であった。

確かにジョンツはパチンコホールだけでなく、それと並行して、焼き肉店やバーなどの飲食店経営、あるいは外車販売やペンション経営といった事業にも多角的に取り組んできた。

だが、その多くは、知人の負債を肩代わりしたものであったり、趣味の延長で始めたことで、商売を度外視していた。

「J・モーターズ」という外車販売会社を引き受けたのも、若いときからの車好きが嵩じてのものであったし、伊勢佐木町のネオン街に「HANA　87」というバーを拵えたのも、仲間や友人が気軽に集まれる場を作りたかったからだ。

沖縄の渡嘉敷《とかしき》という小島にペンションを建立しオーナーになったのも、ひょんなことがきっかけだった。

平成十九年、五十八歳になろうかというころであったろうか。

ゴルフをやりに何度か行っているうちに、すっかり気に入ったのが沖縄で、

「こんなに海がきれいなところって他にないいな。こういうところに住んでもいいいな」

との思いが高じてきたジョンツ、本格的に沖縄で土地を探そうという気になったのだ。

「けど、那覇じゃ都会、横浜や東京と変わらんだろ。住むんなら、やっぱり離島だな」

と、身内同然の不動産屋と内装業者を引き連れて、沖縄へ飛び、石垣島、西表島、小浜島とまわることにした。

沖縄でも離島に行くのはいずれも初めてとあって、海や自然の素晴らしさに、同行の業者がいちいち感嘆するなか、ジョンツはいまひとつ、ここぞという土地が見つからなかった。

那覇に帰ってきて、ジョンツが地元の友人にそのことを報告すると、彼は笑って、

「そんなに遠くに行かなくても、この近くの島にだって、いいところはあるんだよ。そうだ、一度、渡嘉敷島に行ってみてくれよ。船に乗ったらすぐだから」

「渡嘉敷？　那覇から近いの？」

「ああ、ちょっといま台風来てるけど、ホントに近いから大丈夫。那覇の泊港から高速船で

三十五分で着くよ」

渡嘉敷島は那覇の西方約三十キロに位置する慶良間《けらま》諸島の東端にあり、沖縄県島尻郡渡嘉敷村に属する島だった。

那覇泊港から高速船で渡嘉敷島に渡ったジョンツ一行を渡嘉敷港で出迎えてくれたのは、日に焼けたたくましい漁師だった。ジョンツの那覇の友人の知りあいで、島一番のマグロ漁師という。

彼らが無事に島に着いたのはよかったが、翌日から四日間、台風の影響で一日二便の高速船は欠航となり、一行は島に缶詰め状態となってしまう。

それでも毎日天気が良くて、抜けるような青空が続いて、島をブラブラしているうちに、ジョンツはこの地を大層気に入りだしていた。

「ここはムチャクチャいいところじゃないか。燈台もと暗し――とはよく言ったもんだな。同じ沖縄の離島でも、那覇から一番近いところにこんな穴場があったんだな」

感に堪えないようにジョンツが言えば、同行した業者二人も、

「本当ですわ。自分らもこんなにきれいな透き通った海、他に見たことありませんよ。コバルトブルーって言うんですか、これは。それに、このビーチの素晴らしさ、何とも言えないですわ」

と感嘆の声をあげた。

彼らのいるところは、見事な弓型の八百メートルの白砂の浜で知られる阿波連《あはれん》ビーチであった。

「ここのはコバルトブルーはコバルトブルーでも、ケラマブルーって呼ばれるほど、独特なここだけの色らしいな。おまけに山が連なって、田園風景が広がってるのもたまらんし、観光客と違って住んでる人たちは純朴だし……」

ジョンツは深く感じ入るところがあった。

「社長、この渡嘉敷にすっかりハマッてしまったんじゃないですか」

内装業者の冷やかしにも、ジョンツは、

「うん、そうだな。いいとこだよ」

真顔で応えた。

夕方になると、一行が決まって繰りだしたのは、阿波連集落のメイン通りにあって、阿波連ビーチからも程近い「ゆうゆう」という居酒屋だった。ジョンツたちを出迎えてくれた漁師の行きつけで、中年夫婦のやっている小さな店だった。

ジョンツたちはそこで夜な夜な宴会を開き、飲めや歌えのどんちゃん騒ぎを繰り広げた。件の漁師ばかりか、店の前を通る人にまで声をかけて誘い、朝まで酒をつきあわせた。

ジョンツは店主夫妻ともたちまち親しくなった。

「ここはいいとこですね。僕はすっかり気に入って住みたくなっちゃいました。ぜひここに別荘持ちたいと思っています。そしたら、毎日ここに飲みに来ますよ」

ジョンツがそんな話を持ちだしたとき、

「いやぁ、実はこの店、もうじき閉める予定なんです。大家さんと賃貸契約も切れるし、もうぼちぼち潮どきかなと……」

「えっ、そうなんですか⁉ そりゃ残念だなぁ……」

このとき、ジョンツに閃くものがあった。

ここにペンションを建てて、この店主夫妻に切り盛りを任せたらどうだろうか。三階建て五部屋くらいの規模のペンションなら、この二人でもそれは充分可能だろう——と考えたのだ。

そして、三階にオレの部屋を一部屋確保して、別荘代わりに使いたい——と。

ジョンツが約一年の期間とおよそ三億円の費用をかけて、その夢を実現させたのは翌年——平成二十年春のことだった。

かくて沖縄の離島・渡嘉敷島（沖縄県島尻郡渡嘉敷村阿波連）に、ジョンツのペンション「ニライカナイ」はオープンしたのである。「ニライカナイ」とは沖縄で代々伝承されてきた神話・伝説の一つで、海のかなたや海底にあると信じられる理想郷、ユートピアのことであった。

2

同じころ、ジョンツは横浜・伊勢佐木町五丁目、市営地下鉄線「阪東橋」駅から徒歩五分の地に、ダイニングバー「ＨＡＮＡ　８７」を開店させた。

もともと喫茶店だったところをバーに改造したもので、商売抜きに、仲間が集まれる場所にしたいと考えてオープンした店であった。「ハナ」というのは韓国語で一、ひとつを意味した。

二〇一二年に公開された韓国映画『ハナ〜奇跡の４６日間』（ムン・ヒョンソン監督）のタイトルの意もまさにそれで、同作品は、たった一度だけ結成された南北統一チーム「コリア」が一九九一年に千葉で開催された卓球世界選手権の女子団体で優勝した実話をもとに描かれている。

ちなみに同作品が翌年、日本でも公開されるにあたって、その最大のスポンサーとなって支援した人物がジョンツであった。

「ＨＡＮＡ　８７」はテーブルやカウンター席ばかりかソファーや個室も設置され、アンティック調のおしゃれな店として評判を呼び、ジョンツの目論見通り、たちまち彼の仲間の溜り場と化した。

この「ＨＡＮＡ　８７」も沖縄のペンション「ニライカナイ」も命名したのは、ジョンツの友人である元アイドル歌手でタレントの林寛子だった。

彼女はジョンツとのつきあいも長く、毎年正月元旦には、横浜・希望ヶ丘のジョンツ邸に顔を出すような心安い間柄であった。

ジョンツにすれば、タニマチを気どっているつもりはさらさらなかったが、林寛子に限らず、なぜか芸能人との交流は少なくなかった。

ジョニー大倉、哀川翔、高知東生、石田純一、小坂まさる、カルセール麻紀、日野美歌、川地民夫、岡崎二郎、舘ひろし……といった面々で、いつのまにか親しくなっていたのだった。

ジョニー大倉との出会いは、ゴルフ場のクラブハウスであった。平成の時代もまだ始まったばかりの時期だった。

同じコンペで一緒にプレーしたジョニーを、どこの何者とも知らなかったジョンツは、そのガッシリした躰に目を止め、

「凄い躰してるけど、何をしてる人ですか？」

と声をかけた。

「――え？」

ジョンツに問われて、ジョニーは一瞬面喰らい、気分を害したような顔になった。自分の顔を

知らない人間がいることに、少々傷ついたのだ。

それでなくても、このころのジョニー大倉は、東映映画やＶシネ、テレビドラマにも出て、役者としてそこそこ売れていた時分である。

「オレ、昔はバンドやってたんですよ。いまは専ら役者をやってますけどね」

「へえ、何ていうバンドですか」

「キャロルって知りませんか」

「キャロル？　さあ、知らないですね。オレは昔、マツダのキャロルに乗ってたけどね」

ジョンツはからかっているつもりはなく、本当に知らなくて言ったのだが、ジョニーは怒りだした。

「おちょくってんのか、あんたは。見りゃ、オレと同じような世代で、キャロルを知らないってことがあるかよ！」

と怒声を発したかと思いきや、直後、急にトーンダウンして、

「いや、あるかもね。矢沢永吉は知っててもジョニー大倉なんて知らないって人ばっかりだろうからなぁ……」

自虐的に言いだしたから、ジョンツはその様子を面白く眺めた。

「オレは矢沢永吉なんて人も知らないよ。じゃあ、おタクはジョニー大倉っていう有名なロック

ミュージシャン兼俳優なんだな。そりゃ、失礼した」

「あんたはいい人だね。矢沢永吉を知らないってのは嘘だな。オレに気を遣ってくれてるんだな」

「面白い男だな、おタクは。気に入ったよ。このコンペに来てるってことは、もしかしたら、あんたも在日か？」

「うん、そう、オレは本名は朴雲換《パクウナン》。在日韓国人二世で、日本名は大倉洋一」

と言って、ジョニーは登録証まで見せてくれる。一九五二年九月三日生まれとあった。

「オレは、蔣鍾特《チャンジョンツ》。一九四九年五月二十八日生まれで、日本名は大本鍾特だ」

「ソンベイ（先輩）！　失礼しました」

「また、何かの機会で会うことがあるかも知らんなぁ」

「ぜひお会いしたいですね」

「うん、そうだな。仕事、頑張ってや」

それが最初の出会いであった。

二人がバッタリ再会するのは、それから一年ほど経ったときのことである。

ジョンツが横浜・関内の行きつけの寿司屋で一人飲んでいると、二人連れの客が入ってきた。

二人とも知っている顔で、一人が昔ジョンツが追っかけまわしたことのある相手だった。

ジョンツに対し、不義理をしたからで、男はジョンツに気づいてバツの悪そうな顔になった。

その連れが、ジョニー大倉だった。

だが、ジョニーはジョンツのことを憶えていないようだった。

「よおっ、ジョニー、何だ、オレのこと、もう忘れてしまったのか？」

「……どちらさんでしたか」

「これでおあいこだな。最初はオレのほうが有名人のおまえさんを知らなかったんだからな」

「……？」

「ロックバンドのキャロルは知らんけど、マツダのキャロルなら昔乗ってたなんて言ってあんたを怒らせてしまったっけな」

「ああ、ソンベイ！　大本先輩、久しぶりです」

「やっぱり縁があったんだな。こんなとこで再会するとは……」

この再会を機に、二人は急接近していったのだった。

3

ジョンツが沖縄・渡嘉敷にペンションを建てるにあたって、手初めにやらなければならなかったのは、居酒屋「ゆうゆう」前の土地の持ち主との交渉であった。

その地主さんが神戸在住の人とわかって、連絡をとると

「私も大阪まで出て行きますから、大阪で会いましょう」

となったのは、ジョンツにも好都合だった。

というのは、その時分、ジョンツは毎週金曜日には決まってジョニー大倉と一緒に新幹線で上阪していたからだ。

金曜日の夜に大阪北新地でジョニーとともに豪遊し、翌土曜日はクラブのネエちゃんたちとゴルフ——という日程を判で押したように繰り返していたのだ。

こうしてジョンツは、その渡嘉敷の地主である神戸人を、大阪・北新地で何度か接待し、土地の交渉をしたのだが、敵もさる者で、なかなか色好い返事をくれなかった。

結局、相手の言い値で買うことになって、相場の倍ぐらい値がついたのだが、その接待の場にもつねに同席したのがジョニーであった。

それくらいジョニーとは親密な仲になっていた。俳優として少々下り坂となり、売れなくなった時分のジョニーを、物心両面で支えたのもジョンツであった。彼はジョニーのミュージシャン、役者としての才能を高く買い、その人柄を、欠点も含めてすべて愛したのだ。

あるとき、ジョニーは横浜・山下町のライブハウスで行われる予定だった公演に、大幅に遅れ、ヤクザから脅されるという事件が起きた。

「先輩、助けてください！」

ジョニーはすぐさま携帯電話でジョンツに助けを求めてきた。軟禁状態にある山下町のライブ会場のトイレから、ヤクザ者の目を盗んで電話をかけているという。

「おまえ、そんなところから電話して大丈夫なのか？　わかった。すぐに行くから！」

そのとき、ジョンツがいたのは、群馬の伊勢崎。時間は夕方の四時過ぎであったから、いくら高速を車で飛ばしても、横浜まで何時に着けるか、心もとなかった。

案の定、関越道は混んでいて、車は思うように進まず、横浜・山下町に着いたときには夜八時になろうとしていた。

携帯電話で連絡をとりあうと、幸いにもジョニーは解放され、山下公園近くのローズホテルのロビーにいるという。

二人は同ホテルのバーで落ちあった。

「大丈夫か。無事だったようだな」

「はぁ、なんとか……生きた心地もなかったですよ」

「まぁ、解放されたのはよかったが、オトシマエをだいぶ要求されたんだろ」

「ええ、そうなんですよ。大変な金額を言ってきてます」

要するに恐喝されているというわけだが、ジョンツも解決策は見い出せず、知りあいのマル暴刑事に委ねるしかなかった。

事件は明るみになり、ジョニーは週刊誌の格好のネタにされたが、そもそもは公演をスッポカした自分の責任は大きく、致し方ない面もあったろう。

ジョンツは別荘代わりにしている沖縄・渡嘉敷のペンション「ニライカナイ」にも、よくジョニーを連れていった。

夏のある日、「ニライカナイ」に滞在していた二人が、夕方から近くの居酒屋で飲んでいると、店にいた地元の青年たちから
「ジョニー大倉さんじゃないですか」

と声をかけられた。

「おお、よかったな。ジョニー、まだおまえを知ってる若い人がいたよ」

ジョンツが年少の友人を冷やかすと、ジョニーも嬉しそうに、彼らに、

「はい、ジョニー大倉です。僕のことを知ってくれているなんて光栄です」

と律儀に応えた。

「何を言ってるんですか。ジョニーさんは有名ですよ。俳優としてもロック歌手としても、僕ら、みんな、ファンですよ」

これにはジョンツも破顔一笑、

「いやぁ、そいつは感激だなぁ……ありがとう1」

ジョンツも、その五、六人の青年グループに対し、

「よし！　今日は気分がいいから、このオジさんが君たちに全部著っちゃおう！　さぁ、ジャンジャンやってくれよ」

と言ったものだから、今度は青年たちが歓声をあげた。

両者は意気投合し、その場はたちまち合同飲み会と化して盛りあがった。

そのうちに近々催される毎年恒例の地元夏祭りの話になって、そこでジョニー大倉が歌うことまで決まってしまった。青年たちは夏祭りの主催者側のメンバーでもあったのだ。

祭りの当日、会場である渡嘉敷港近くの中学校のグランドに赴いたジョンツとジョニーが、その人出に仰天した。

「おおっ、こりゃ凄いな！」

どこからこんなに集まったのかと思えるほど、人、人、人がグランドを埋め尽くしているのだ。

二人を出迎えた件の青年も、興奮は隠せず、

「渡嘉敷の歴史始まって以来の人出です。ジョニーさん、今日はよろしくお願い致します」

と、グランドの中央に設置された即席のステージにと案内する。ステージ上には、地元若者たちのアマチュアバンドも用意されていた。

「今日は特別ゲストをお迎えしております。ジョニー大倉さんです。どうぞ！」

司会者に紹介され、ステージに上がったジョニー、マイクを握って、

「〽君はファンキー・モンキー・ベイビー、イカしてるよ」

と歌い出すや、会場の盛りあがりかたは異様なほどだった。

「ウォーッ！」という地鳴りのようなどよめきと歓声、拍手が沸きおこった。

その熱狂ぶりに応え、ジョニーも乗りに乗って歌い続けた。

まさにグランドは祭りの夜に相応しい一大フェスティバルと化したかのようだった。ジョニーの魂とそこに集《つど》った人たちの魂とが共振しあい、一つに融けあって激しく燃えあがったのだ。

ジョンツにとっても忘れられない渡嘉敷の祭りの夜となったのだった。

それからわずか四年後の平成二十五年六月、ジョニー大倉は病院で肺癌と診断され、余命二週間と宣告される。抗癌剤治療を経ていったんは退院したものの、翌二十六年八月に再発、不帰の

客となったのは、平成二十六年十一月十九日のことである。享年六十二であった。

「ソンベイ、いろいろありがとう。世話になっちゃって……」

病院を見舞ったジョンツに残した、ジョニーの最後の言葉だった。

4

ジョニー大倉だけでなく、ジョンツのペンション「ニライカナイ」に泊まって、沖縄・渡嘉敷島の魅力にハマってしまう芸能人は少なくなかった。

むろん大概はジョンツと親交のある芸能人で、哀川翔もその一人だった。

哀川との縁は、新横浜駅近くでナイトクラブを経営する後輩から紹介されて始まったものだが、以来、気が合ったのか、長いつきあいになっていた。

その哀川が、あるとき、

「大本さん、渡嘉敷の『ニライカナイ』、テレビの旅番組で使わせてもらえないですか」

と言ってきた。

「ああ、構わないけど、何ていう番組だい？」

「『旅サラダ』っていう土曜の朝の番組なんですが、僕がゲストで出て旅先を紹介するというヤツ」

「ふ〜ん、そりゃいいね。で、誰が出てんの？」

「神田正輝さんが司会やってんですけどね」

「ああ、それならダメ。やらせない」

ジョンツが言下に拒否したものだから、

「えっ!?　大本さん、神田さんと何かあったの？」

哀川も驚いてジョンツに訊ねた。

「いや、何もないし、つきあいもないよ。ただ、出会いがちょぃと悪かったんでね」

ジョンツは苦笑しながら、神田との偶然の出会いを思い出していた。

それはつきあいのある五歳上の政治家小林興起と、たまたま銀座へ飲みに行ったときのことだった。

衆議院議員を五期つとめ、労働政務次官や財務副大臣、自民党国会対策委員会副委員長などを歴任した小林興起は、平成二十四年十二月、衆議院議員総選挙に日本未来の党から立候補するも落選して以来、国会に議席も得られず、浪人中の身であった。

その夜、心安い仲のジョンツから銀座のクラブに誘われ、小林は上機嫌だった。酒は飲まないのに女性大好きとあって、店の女の子たちを相手にお喋りを楽しんだり、一人で盛りあがっていた。と、そこへ入店してきたのが、人気俳優の神田正輝で、ジョンツも小林も、テレビで知っているというだけの関係である。

それに伴い、彼らの席に座っていたジョンツ係ともいうべき女の子が、神田のテーブルへ移動、そこは小林たちとさして離れていない席だった。

ジョンツがそのほうを見るともなしに見ていると、神田は隣りに付いた女の子のノースリーブの肌をペロペロ舐めだした。これにはジョンツも呆れると同時に、嫌な気分になって

「――チェッ、あのハゲが！……」

と舌打ちし、小さな声で毒づいた。

もとより神田正輝の髪の毛があるのか無いのか、真偽の程はジョンツにも知るよしはなかった。が、神田が以前出たテレビ番組で、そのことを自ら露呈してしまうような所作に及んだという話を聞いたことがあった。

そこから、つい腹立ちのあまり、口を突いて出た悪口だった。

これにすぐさま反応したのが、目の前の小林興起センセイであった。神田のほうを見て、

「えっ、じゃあ、あれ、カツラなの⁉」

大声を出したから堪らない。

その瞬間、店内はシーンと静まり返り、まわりは凍りついた。その異様な沈黙。元衆議院法務委員長は、明らかに触れてはならないタブーに触れたのだ。

それでもセンセイは、

「――ん？　オレ、何かいけないこと言ったか……」

と、どこまでも無邪気だった。

――神田正輝とは初対面でそんないきさつがあっただけに、ジョンツにすれば、苦笑せざるを得なかったのだ。

むろん哀川翔にそんな話はしなかったが、

「悪いな。『旅サラダ』の話は勘弁して」

ということになったのだった。

ジョンツがベテラン俳優の川地民夫と知りあったのも、銀座であった。川地はかつて日活や東映で活躍し、当時は専らVシネで渋いヤクザの老親分役などを演じることが多かった。

その日――平成十九年が終わろうとしていた歳末、ジョンツが銀座のクラブで待ちあわせていた相手は、「木村屋あんぱん」で知られる銀座木村屋総本店の会長だった。

木村会長のほうから、知人を介してジョンツに、

「近ごろ、銀座に面白い男がいると聞いている。ぜひ会ってみたい」

と申し出があり、この夜、会うことになったのだった。

ジョンツにすれば、

「へえ、オレに会いたいなんて、随分酔狂な御仁もいるもんだ」

との思いしかなかったが、どんな人物か、興味があったのも確かである。この時分、ジョンツは週三回以上の銀座通いを続けており、銀座ではちょっとした有名人だった。

だが、その待ちあわせに、ジョンツは約束の時間より三十分も遅れてしまった。

会長はすでに伴の者二人とともに待っていた。そこへジョニー大倉を連れてあわてて駆けつけたジョンツ、

「お待たせして申し訳ありません」

平身低頭して詫びたが、会長は笑って、

「いやいや、こちらこそ、お時間とってもらってね……」

プレジデントは鷹揚《おうよう》なものだった。

そのとき、たまたま隣りのテーブルに客として来ていたのが川地民夫で、先に気づいたジョニーが芸能人の大先輩に挨拶し、ジョンツも、

「ああ、しばらくです。御無沙汰してます」

と挨拶したものだから、川地はキョトンとして、

「どちらさんでしたか？」

「昔、横浜の『カリント』でお会いしました。川地さんはピアノ弾かれてたでしょ」

「カリント」は横浜の有名なナイトクラブだった。

「……ああ、あのときの……」

大昔のことだから、ジョンツにもとても川地が憶えているとは思えなかったが、彼はやさしい男だった。

初対面同様とはいえ、久しぶりに再会を果たした二人はまた親しくなっていく。共通の友人であるカルセール麻紀を交えて、三人で一緒に飲んだり、川地とのいいつきあいは彼が平成三十年二月十日、脳梗塞で亡くなるまで続いたのだった。

5

さて、木村のあんぱん会長との初対面の席で遅刻したり、バッタリ川地民夫と再会したり、何やらバタバタしてしているところに、今度はジョンツのケータイに電話が入った。

友人の医師・本田昌毅からのもので、いま銀座にいるという。

本田医師は日本で唯一の性器専門の形成外科医（兼精神科医）として知られ、横綱朝青龍の主治医としても話題を呼んだ人物だった。

ジョンツとも親しくしていたのだが、この夜、少しばかりイライラしていたのは無理もなかった。つい最前まで、あの世界のホームランキング王貞治の次女でスポーツキャスター兼ソムリエの王理絵との婚約解消の記者会見に臨んでいたのだから。

いわば、破局会見であり、本田とすれば、飲めない酒でも飲まなければやっていられない心境であったろう。本田はその酒の相手にジョンツを求めてきたのだ。

「大本さん、いま、どちらにいるんですか。どうせ銀座でしょ？　僕もそちらに行っていいですか」

「いや、オレは大事な人と会ってるから」

「じゃあ、僕もそっちに行きます」

「おいおい、勘弁してくれよ」

そうこうしているうちに、同じ銀座の八丁目内にいたらしく、本田は本当にジョンツたちのいる店にやってきた。

これにびっくりしたのは、木村あんぱん会長である。

川地民夫といい、本田昌毅の登場といい、たまたまこの夜に偶然が重なっただけのことなのだが、会長はジョンツのことをよほど多忙な人物と思いこんでしまったのだ。

「いやぁ、大本さん、お忙しいときに申しわけない。また日にちを改めてお会い願えませんか」

と申し出た。

「いえいえ、こちらこそ大変失礼しました。何かバタバタしちゃって……」

と恐縮しきりである。

そこで後日、改めて機会を設けることになったのだが、その後、両者が再び顔をあわせることはなかった。木村会長が間もなく世を去ってしまったからだった。

ジョンツが高知東生と知りあったのも、銀座通いをしていたころ、あるクラブで横浜の後輩とバッタリ会ったのが、始まりであった。

その後輩に気づいて、

「おい、ジョー」

と声をかけたところ、ジョーと呼ばれた男は、悪いところで会ったといわんばかりに、バツの悪そうな顔になった。いつもなら「気をつけ」をするように畏まってジョンツに挨拶してくるのに、その日に限って、

「ああ、どうも」

とおざなりで、よそよそしいのだ。

〈何だ、このヤロー！〉

と思って見ていると、どうやら連れがいて、どこかで見たような顔だった。

〈ハハーン、こいつのせいか……こいつの前でへいこらしてる姿を見せたくないというわけだな。けど、見た顔だな。誰だっけかなぁ？……〉

そんなことを思っていると、ジョーも気づいて、

「先輩、紹介します。こちら俳優の高知東生さんです」

そこでようやくジョンツも、「ああ」と思いあたった。テレビや映画、Ｖシネなどで結構売れている俳優じゃないか。それより何より、こいつの女房は確か高島礼子だったよな。――と。

高知もジョンツをジョーから紹介されて、

「高知東生と申します。よろしくお願い致します」

と、腰を折って挨拶した。

「大本です。よろしく。ああ、高知さん。テレビや映画で見た人だと思ってました。奥さんは横浜出身の……」

「はい、高島礼子です」

「昔、彼女が世に出る前、ちょっと縁がありましてね。彼女がアルバイトをしてた横浜のスナック、実は僕の後輩の女の子たちがやってたところでね、僕もたまにそこに行ってたんです」

「えっ、そうだったんですか。じゃあ、縁があるんですね。僕も高知にいたときから、憧れていたのが、横浜でしたから」

最初の出会いから話が弾んで、ジョンツは、このひとまわり以上も歳下の俳優に対して、好印象を抱いた。

それから何かの折に二度、三度と会う機会が重なって、自然に親しくなっていったのだった。

高知はジョンツが伊勢佐木町に仲間の溜まり場として作ったバー「HANA　87」にも、ときどき顔を見せるようになった。

ジョンツから見ても、高知はなかなかの好漢で、「HANA　87」に集う仲間たちの評判も悪くなかった。

その高知が俳優業の傍ら、サイドビジネスに取り組むようになり、次第に熱が入りだしたのはいつのころからだったろうか。

平成二十年ごろからは、加圧トレーニングジムに加え、エステ店を経営するなど、その傾向がより加速化し、俳優業以上に専業にのめりこんでいく。

平成二十五年秋、ついには俳優を辞めて芸能界から引退。事業一本に専念することを決断するのだ。

そんな高知をみて、ジョンツには、

〈ヤツに事業はやりきれんのじゃないかなぁ。事業は非情に徹さなきゃ、成功も覚束《おぼつか》んからな。どっちかって言ったら、ヤツは義理人情、筋目っていうほうの男だからなぁ。俳優のほうが向いていると思うんだが……〉

との思いはあったが、相談されない限り、差し出口は控えた。

ただ、自分がパチンコ業を始めたころの苦い経験もあって、事業の難しさを肌で知っているだけに、苦労しているだろうことは容易に推測がついた。が、まさか彼がそこまで人知れず苦悩していようとは想像さえつかなかった。

何にせよ、ジョンツにすれば、高知東生が俳優であろうが、実業家一本になろうが、スターであろうが、無名の人であろうが、そのつきあいかたは何ら変わりようがなかった。

その日――平成二十八年六月二十二日も、高知は「ＨＡＮＡ　８７」にやってきて、ジョンツと世間話に興じ、リラックスしたひとときを過ごし、いつもと変わらぬ様子で帰っていった。

その二日後の二十四日、世間を賑わすスキャンダルなニュースがテレビから流れてきて、そこに高知東生の名を見たとき、ジョンツはわが眼を疑わずにはいられなかった。

彼が愛人女性と横浜市内のラブホテルに宿泊していたところを、覚醒剤と大麻所持の現行犯で厚生労働省の麻薬取締官（〝マトリ〟）に逮捕されたというのだ。

高知はマトリに踏みこまれたうえ、覚醒剤四袋（約四グラム）と乾燥大麻約二グラム、大麻煙草三本、ストロー六本、ガラス製吸煙器などを押収されたという。

「あいつ、そんなに本格的にクスリをやってたのか……知らなかったなぁ……」

ジョンツは驚き、己の不明を嘆いたが、考えたら、高知は妻の高島礼子にも隠し通し、彼女さえまるで気づかなかったものを、自分たちが知る道理がないのは当然だった。

それ以上にジョンツが驚き、かつ呆れ、

「それはないだろう！」

と憤りさえ感じたのは、テレビのワイドショーなど、マスコミの高知東生バッシングの凄まじさだった。

しかも、その「高知、高島夫妻に近い関係者」と称する人物のコメントや情報たるや、ジョンツが聞いてもいい加減で噴飯ものが少なくなかった。

高知は事件後約一ヵ月後、高島礼子と正式離婚し、それから間もなくして裁判が結審し、

「懲役二年、執行猶予四年」

という判決が言い渡された。

世間からさんざん糾弾されて八方塞がり、失意のどん底にあった高知に対し、その後も変わらぬ交誼を結んで、彼のためにライブを企画したり、何かと支え続けた友人の一人がジョンツであった。

6

「大本さん、お陰様でやっと執行猶予がとれました」

横浜・伊勢佐木町の「ＨＡＮＡ」に現われた高知を見て、

「よかったな。うん、おまえさん、いい顔してるな。以前のショボクレてたときと違って全然顔が違うよ。吹っきれたんだな」

令和二年夏のことで、事件から四年経っていた。

「大本さんたちのお陰です。あれだけ世間から叩かれまくって、誰からも相手にされず、絶望のどん底状態で、死のうかとさえ思ってたときに、大本さんや横浜の人たちにどれだけ支えられたことか……忘れられません。感謝しても感謝しきれません」

「いや、オレたちなんかより、本当におまえさんを救ってくれたのは、『薬物依存症』と宣告してくれた精神科の主治医の先生だろ。それと、何と言ったっけ？『薬物依存症問題を考える会』だったかな、そこの代表の女性……」

「はい、松本俊彦先生と田中紀子さん。最低な、どうしようもない人間だと思っていた僕を、救ってくれた人ですね」

「人との出会いに恵まれたんだな。高知東生という男の人徳だろ。ともあれ、よかったよ。これで誰に気兼ねなく、オレとゴルフもできるってもんだ」

「また、お手合わせ願います」

「今度の事件で失ったものも大きいかも知れないが、これからだよ。高知なら、やり直せるさ」

「ええ、確かに代償は大きかったです。最愛の妻と別れなければならなかったですし、立派に前科もついて、何より世間の信用を失いましたから」

「オレだって同じだよ。結婚には二度失敗してるしな。結婚してみて、オレって男がつくづく結婚生活には向いていない人間だってことがわかったよ。なにしろ、まったく家庭を省みないんだから、女房とうまくいかないのも無理ないんだけどな」

「はぁ……」と高知が苦笑する。

「前科前歴っていうんなら、オレなんか、懲役にこそ行ってないだけで、横浜の警察署で捕まってないところはないくらいだよ。全部知ってるんだ。ほとんどが喧嘩沙汰だったけど、それくらい警察沙汰ばかり繰り返してきたしょうもない男が、オレさ。大丈夫、高知はオレとは違って地に足もついているし、おまえは信用できる男だよ」

「……ありがとうございます」

「ＨＡＮＡ」に集う客は、店の高知に気づいても誰も好奇の目を向ける者はなく、むしろ仲間意識で見てくれる。

高知を知っている者なら、

「よっ、元気？」

と気軽に声をかけてくる。事件前も事件後も変わらぬ所作に、高知もニコッと応えるのだ。

それはいつもながらの光景で、ジョンツをよく知る昔の不良少年仲間も、よく顔を出す店であったから、高知にしても居心地がよかったのかも知れない。

「高知よ、おたくはいくつになったんだい？」

「はい、もう五十六歳になりました」

「ほう、まだまだ若いじゃないか。再出発には——おまえさんの言う〝生き直し〟にも決して遅くないよ」

ジョンツはこの年、七十一歳を迎えていた。

「HANA」にいて、昔の仲間と出くわすたびに、ジョンツは、

〈ああ、オレがいま、ここにこうして生きてるってこと自体、不思議な気がするなぁ。いつ死んでもおかしくない生きかたをしてきたし、実際、三途の川のほとりまで行ったこともあったっけ……〉

と思いを馳せずにはいられなかった。

その日は同い年の幼な馴染みの金天日が、「ＨＡＮＡ」に現われた。

中学生のとき、ジョンツが引き起こした「反町ロマン座」殺傷事件、あるいは少し後の保土ヶ谷凶器準備集合罪事件でも一緒だった男で、いまは内装会社を経営し、悠々自適の生活を送っていた。

「おお、天坊、まだ生きてたか」

「お陰さんでな。そっちも相変わらず若いねえ」

「憎まれっ子世に憚るってヤツさ」

「ジョンツとは一番古い仲になってしまったなぁ。もう六十年近くになるのかな」

「ああ、天坊とは歳も同じで家も近くだったし、いろんなことがあったよなぁ」

「オレがいまでも懐かしいのは、十七、八のころかな。ほら、ジョンツがベッキーという娘と同棲してた時代があったろ。大口の上の木の六畳一間のアパートで……」

「おお、あった、あった。皆が溜まって、梁山泊《りょうざんぱく》みたいになってたっけな」

「オレが青竜刀持った二人組のヤクザに追われて、逃げこんだことがあったろ、そのアパートに」

「……ああ、そういや、そんなこともあったっけなぁ」

もう五十年以上も前の出来事だったが、ジョンツも天日も、つい昨日のことのように鮮明に憶えていた。

「ジョンツ、追われてる。匿ってくれ」

上の木のアパートに飛びこんできた金天日をジョンツが隠したのは押し入れの中だった。何せ六畳一間の部屋ゆえに、そこしか隠し場所はなかった。

そこへ玄関のドアを荒々しく叩いてやってきた二人組のヤクザ、

「いま、天日が来たろう。出してくれ」

とジョンツに向けて青竜刀まで突き出した。

「いや、来てないよ。知らんな」

ジョンツはとぼけた。

「そんなはずはない。ここへ来たのはわかってるんだ」

「いないよ」

「じゃぁ、家探しさせてもらうぜ」

「おお、いいよ。ただし、いなかったらどうするんだ？」

「——何だと!?」

「いないとなったら、『ああ、いなかった』では済まないよ。あんたらにもわかるだろ」

「……！」

「きっちりそのけじめはつけてもらうよ」

「……お、おのれ！」

「じゃぁ、どうぞ、家探しでも何でもしてくれ」

「……」

「どうなんだ!?」

「わかった。いないんだな。今日はあんたの顔を立てて、オレたちは帰るよ」

二人組のヤクザ者は渋々引きあげていった。

金天日は押し入れの中でホッと安堵の溜息を洩らしたものだ。

ジョンツも天日も、十代の最も血気盛んな時分のエピソードだった。

「あのとき、押し入れのなかでヒヤヒヤもんだったけど、ジョンツは青龍刀突きつけられても平気だったよな」

「いや、そうでもない。オレだって、内心はヤバいと思ってたよ」

「そんなふうには見えなかったよ」

「お互い若くて元気よかったよなぁ」

二人は声を立てて笑いあった。

ジョンツや天日の仲間たちは、若くして死んだ者も少なくなかったけれど、もうほとんどの連中が世を去っていた。

たとえば、ジョンツのアルバムに最初に登場するヨンド。中学生のころから、よく二人でつるんでは喧嘩、喧嘩に明け暮れ、ジョンツにとっては子ども時分の最高の相棒であった人物だ。ヨンドはタッパがあって細身、喧嘩も強かったが、無類の喧嘩好きでもあった。ときとして凶暴性を発揮し、ジョンツがブレーキをかけないと、とことん暴走し、相手を殺してしまいかねないようなことにもなった。

元来気のいい男で、グローブのような手で小さなガマ口から金を取り出し、ジョンツに奢ってくれる姿が、いつまでも印象に残っていた。

ヤクザになったという噂を聞いて、ジョンツが久しぶりに会ったときには人が変わったようになっていて、もう昔の面影はなかった。

そのあまりに粗暴な振舞いに手を焼いた実兄が、夜中の就寝中、首を絞めて弟のヨンドを殺すという悲劇を生んだのだった。

もう一人、藤原紀男というジョンツと同期のワルがいて、これまた早くに死んだ男だった。この紀男が二十歳のころ、警察に追われてジョンツのところに飛びこんできたことがあった。

そのころ、家業が鉄屑屋をやっていたこともあって、ジョンツは、

「よし、じゃぁ、逃走資金を作ってやる」

と請けあい、二人でスカイラインを駆って、横浜・本牧まで銅線をかっぱらいに行ったことが

あった。

が、間の悪いことに、巡回中のパトカーと鉢合わせし、未遂のままに追いかけられた末に捕まってしまう。

藤原紀男の〝彼女〟は、伊勢佐木町の有名なオカマバーの「ピノキオ」のナンバーワン、小まめちゃんであった。

紀男は本牧のクラブの用心棒をつとめ、全身に刺青を彫り、大変な巨根の持ち主としても知られていた。

ジョンツが折に触れ、

「面白いヤツだったなぁ」

と思い出す男だった。

紀男はその後、何かの事件で刑務所に入り、刑期をつとめ終える寸前、出所三日前に首を吊って自死を遂げた。

この紀男の彼女の小まめちゃんとカルセール麻紀が友人であることを、ジョンツが知ったのは後のことだった。

「まったくいろんなヤツがいたもんだなぁ……」

「ＨＡＮＡ」にいて、古い知りあいに会うと、ジョンツは嫌でも昔のワルさや恥づべきことが思い出され、自嘲の笑いが零《こぼ》れた。

「……そして、みんないなくなってしまったなぁ」

拳銃で脳天を撃たれたヤツ、後ろからドスで背中を刺されたヤツもいれば、自ら命を絶った者もいた。病気で早死にしたり、不慮の事故で命を落とした者、いまはどこへ消えてしまったのか、行方が定かでない者もいた。

ヤクザになったのも多かったけれど、最後までカタギを通して、それなりに成功を収めた連中も少なからず存在した。

ジョンツの脳裡には、おのずと懐かしい昔の不良仲間の顔が浮かんでくる。

佐藤ジョー、メンチ、ペトシ、金天日、チャン、ミョンス、グー・チャング、チャボス、チャソン、マラカツ、コンチ、ミノ……むろんいまだ健在の者もいたが、やはり鬼籍に入った者が少なくなかった。

ジョンツは、自分がまだこうして生きているということの不思議な感覚を、グッと噛みしめずにはいられなかった。

あれほど恐いもの知らずに、相手が誰であれ引くことを知らず、とことん突っ張って生きてきたのだ。まさに命知らずの「馬鹿まるだし」というしかなかったろう。

〈――いや、生きてるんじゃない。生かされてるってことじゃないのか⁉　ということは、まだ

オレにも何かやらなきゃならないこと――オレにしかできない、オレの使命があるってことだろ〉
ジョンツはしみじみそう思うのだった。

● ジョンツ・ミニアルバム

懐かしい叔父のプリンスグロリア

中学３年の頃、自宅前で

自宅前で

19歳の頃、6畳1間で同棲していた時

鋭い目つきをしていた…

昭和を感じる

母と韓国で

27 歳の頃、娘と

友人の結婚式で

今は亡きジョニー大倉と

山平 重樹（やまだいら・しげき）

1953年　山形県生まれ　法政大学卒業。

ノンフィクション作家　フリーライター。

ルポ、小説、ノンフィクション、映画原作、漫画原作など多数の著書がある。

ベストセラーとなった「ヤクザに学ぶ」シリーズほか。

「残侠」「愚連隊列伝　モロッコの辰」など映像化された著作も多い。

近著に「撃攘『東海のドン』平井一家八代目・河澄政照の激烈生涯」(徳間文庫)、

「昭和を紡いだ東洋一のナイトクラブ 赤坂『ニューラテンクォーター』物語」(双葉社)、

「高倉健からアホーと呼ばれた男 付き人西村泰治が明かす健さんとの40年」(かや書房)、

「サムライ 六代目山口組直参 落合勇治の半生」(徳間文庫)がある。


熱き魂、汝の名はジョンツ　－横浜狐狼伝－

2022年12月25日　初版第1刷印刷
2023年 1月28日　初版第1刷発行

著　者　山平　重樹
発行者　恩藏　良治
発行所　壮神社（Sojinsha）
〒102-0093　東京都千代田区平河町2-2-1-2F
TEL.03(4400)1658 ／ FAX.03(4400)1659
印刷　エーヴィスシステムズ　　製本　青木製本

ISBN 978-4-86530-066-6